소설 보다: 겨울 2024

펴낸날   2024년 12월 9일

지은이   성혜령 이주혜 이희주
펴낸이   이광호
주간   이근혜
편집   이주이 허단 김필균 윤소진 유하은
마케팅   이가은 최지애 허황 남미리 맹정현
제작   강병석
펴낸곳   ㈜문학과지성사
등록번호   제1993-000098호
주소   04034 서울 마포구 잔다리로7길 18(서교동 377-20)
전화   02) 338-7224
팩스   02) 323-4180(편집) 02) 338-7221(영업)
대표메일   moonji@moonji.com
저작권 문의   copyright@moonji.com
홈페이지   www.moonji.com

소설 보다

겨울

2024

차례

운석

성혜령

2021년 창비신인소설상을 통해 작품 활동을 시작했다.
소설집 『버섯 농장』 등이 있다.

백주는 일요일 정오가 다 되어서야 설경이 금요일 밤에 보낸 문자를 확인했다. 실없는 안부일 게 뻔해서 열어보지도 않고 있었는데 주말 중에 집에 들러도 되냐고 묻는 문자였다. 곤란했다. 주말이 거의 다 지나가 버렸다는 것도, 설경이 말한 집에 백주가 살고 있지 않다는 것도.

　침대에 누운 채로 백주는 고개만 돌려 방을 바라보았다. 여전히 박스들이 어수선하게 늘어선 채였다. 블라인드 틈새로 짓눌린 빛이 층층이 들어왔다. 이번 주말에는 정말로 짐 정리를 끝내려고 했다. 한 달이 넘도록 집 안은 이사 날과 크게 달라지지 않았다. 백주는 박스 사이를 미로처럼 돌아다녔다. 원룸에 가구와 가전이 웬만큼 갖춰져 있어서 가지고 있던 물건들은 대부분 처분하고 소지품만 챙겨 왔는데도 짐이 너무 많았다. 인환과 둘이 살던 아파트에서 가져온 것들이니 정리한다고 해도 대부분 버리게 될 터였다. 이번 주말엔 정말로 이 박스들을 다 치우려고 했다. 그리고 설경에게도 알리려고 했다. 그 아파트는 팔아 치웠다고. 아무런 이유도 덧붙이지 않을 생각이었다. 자기에게는 그럴 권리가 있다고 백주는 생각했다. 침묵할 권리. 처분할 권리. 아무도 신경 쓰지 않을 권리.

　백주가 무슨 일이냐고 답장을 보내자 곧바로 설경

윤석

이 다시 물어왔다. 지금 잠깐 집으로 가도 될까? 다음에 밖에서 보자는 백주의 문자에, 너 힘든데 신경 안 써도 돼. 내가 갈게,라고 설경이 답했다. 백주는 자기가 언제 힘들다고 했냐고 묻고 싶었다. 인한의 장례식장에서도 백주는 설경만큼 울지 않았다. 설경과 시부모가 서로를 껴안고 울 때도 백주는 비껴 서 있었다. 그들이 인한의 가족이었다. 백주는 인한과 15년을 만났다. 5년은 함께 살았다. 둘은 종종 자기의 가족들이 얼마나 이상한지 이야기하곤 했다. 그럼에도 백주는 자기를 인한의 가족이라고 생각할 수 없었다. 설경이나 시부모처럼 대놓고 슬퍼할 수 없었다. 아무도 백주의 탓을 하지 않았지만 백주는 누군가와 계속 싸우고 있었다. 인한은 아무런 말도 남기지 않고 자살했다.

설경은 장례식 이후로 전에 없이 살가운 문자를 자주 보내왔다. 오늘 날씨가 좋은데, 산책이라도 하고 오라느니. 사람이 힘든 때일수록 햇볕을 쐬야 하고, 걷는 게 치유에 도움이 된다느니, 자살자 가족을 '자살 생존자'라고 하는데, 사기랑 같이 생존자 모임에 갈 생각 없냐는 등…… 마치 백주가 지금 인한의 가족답게 슬퍼하고 있는지 확인하려는 듯이. 설경은 기어코 백주가 어떻게 사는지 눈으로 보고 싶은 모양이었다. 백주는 괜히 방을 서성이다가 설경에게 집 주소를 보냈다.

—이리로 오면 돼.

　설경이 너네 집으로 간다니까,라고 재차 물어서 백주도 다시 말해야 했다.

　—나 이제 여기 살아.

　—이사했어?

　설경이 물었다. 응, 이사했어,라고만 말하려고 했는데 백주는 변명하듯 덧붙였다. 혼자 살기 적당한 곳으로 왔다고. 나 지금 출발할게. 설경이 문자를 보내왔다. 이번에도 설경이 새집의 첫 손님이라니. 백주는 비어 있는 냉장고를 괜히 한번 열어보고 집을 나갔다.

　백주는 인한과 결혼하기 전까지 부모와 살았다. 직업군인이었던 아버지 때문에 중학교 때까지 지방을 돌며 전학을 많이 다녔는데 아버지가 불명예 전역을 하면서 고등학교부터는 서울에서 다녔다. 부모님이 자세히 이야기하지 않았지만 부대 내에서 어떤 불의의 사고가 발생했는데 아버지가 운이 나쁘게 책임을 지게 되었다고 했다. 백주는 고등학교에서도 친구를 만들지 못했다. 사람이 없을 것 같아서 들어간 원예 동아리에서 한 학년 위의 인한을 만났다. 인한은 식물보다 음악을 좋아했다. 왜 원예 동아리에 왔냐고 물으니 식물들도 음악을 들으면 잘 자란다는 기사를 읽어서,라고 했다. 네? 백주가 되물으니, 동질감을 느꼈다고 인한은 대답하며 웃었다. 인한은 동아리 방에 있는 작은 화분들에 스톤 로지스, 퀸, 더 스미스, 오아시스를 들려주었다. 그 음악들을 백주도 좋아하게 되었다. 인한이 백주와 같은 학년의 여동생을 소개해주었다. 설경은 백주가 집에 처음으로 데리고 온 친구였다. 백주의 가족은 서울 구시가지의 연립주택에서 살고 있었다. 설경은 백주의 집을 둘러보며 말했다.

"너네 아버지가 별 달 뻔했다고 해서 엄청 잘사는 줄 알았는데."

그때부터 백주는 설경이 집에 오는 게 싫었다.

백주가 빵과 커피를 사서 집으로 돌아가는 길에 설경에게서 도착했다는 문자가 왔다. 백주가 계산해본 시간보다 20분은 빨랐다. 택시를 탄 것 같았다. 백주의 집은 역에서 두 블록 정도 걸어가야 하는 동네였는데 가는 길에 정비 공사를 마친 하천이 있었다. 지난여름에 강이 범람해서 양옆으로 둑을 높게 쌓았고 둑길에는 벚나무를 심어놓았다. 백주는 그 길이 마음에 들어 빵십도 킹을 거슬러 올라가야 나오는 동네로 갔다. 아직 어린 벚나무의 성긴 그늘을 지나며 하천을 따라 산책하는 사람들을 내려다보면 그 사람들의 기쁨과 슬픔이 닿지 않는 곳에 있다는 안도감이 들었다.

백주는 설경의 문자를 확인했지만 평소와 비슷한

속도로 강둑길을 걸었다. 형광 주황색 티셔츠를 입은 사람들이 열을 맞춰 우르르 산책로를 지나갔다. 작은 개들이 서로를 향해 달려들며 짖었다. 초여름의 햇볕이 충분히 따가워 저절로 눈이 찡그려졌다. 오피스텔 현관 앞 짧은 그늘 밑에 서 있는 설경이 보였다. 휴대폰을 보고 있던 설경도 백주를 발견하고 손을 들었다. 설경은 전보다 마른 것 같았다. 여전히 볼륨을 잘 넣은 커트 머리였고 학생처럼 크로스 백을 메고 있었다.

"갑자기 이사를 했어?"

설경이 인사 대신 물었다. 백주가 대답을 하기도 전에 설경이 말했다.

"그 집에서 견디기 힘들었겠지. 다 이해해. 우리 엄마는 얼마 전에 옷장 정리하다 오빠 교복 발견하고 또 한참 울었대. 우리 엄마랑 아빠한테는 내가 잘 얘기할게. 걱정하지 마."

설경이 백주의 어깨를 쓸어내렸다. 백주는 어깨를 움츠렸다. 민소매와 짧은 바지를 입은 남자가 백주와 설경 사이를 굳이 가로질러 오피스텔로 들어갔다. 백주와 설경은 그 남자가 엘리베이터를 먼저 타고 올라가길 기다렸다.

백주가 식탁처럼 쓰고 있던 책이 든 박스 위에 빵 봉지와 커피를 두자 설경이 자연스럽게 봉지를 열어보

운석

았다. 아직 정리를 못 했어. 백주가 말하자 설경은 커피부터 집어 한 모금 마시고는 네 마음이 어지러워서 그렇지,라고 말했다. 설경은 미용사로 일하며 사람들의 기분을 맞추는데 도사가 되었다고 말하곤 했다. 백주는 설경이 그런 말을 할 때마다 우스웠지만 반박하기 어려웠다.

둘은 잠시 말없이 커피와 크루아상을 먹었다. 맛있다, 설경의 말에 집에 갈 때 사 갈래? 백주가 묻자 그정도는 아니야, 설경이 답했다. 미용실은 어떡하고 왔냐고 백주가 물었다. 민영이랑 번갈아가면서 주말에 쉬고 있어. 생각해보니 나 이 일 시작하고 주말에 쉰적이 없더라고. 설경이 답했다. 빵을 먹고 커피를 마시는 동안 설경은 여전히 가방을 메고 있었고 가방끈을 꾹 쥐었다 놓길 반복했다.

"가방 안 내려놔?"

백주가 물었다.

"아, 그게……"

설경이 가방끈을 다시 쥐었다가 놓았다.

"그 돌 있잖아. 거기서 소리가 나…… 오빠 목소리 같아."

설경이 가방에서 울퉁불퉁한 검은 돌을 꺼냈다. 백주는 처음에 그 돌을 알아보지 못했다. 오빠가 집들이에서 나 준 거, 기억 안 나? 설경이 돌을 백주에게 건넸다. 보기보다 무겁지 않았다.

"이거 운석이잖아. 다 타고 남은 거라 안 무거운 거야. 잘 보면 구멍이 있어."

설경이 말했고 백주는 그 돌을 받아 들고 얼굴에 가까이 가져왔다. 표면에 깊이를 알 수 없는 타공들이 무수히 얽혀 있었다. 백주는 눈을 가늘게 떴다. 구멍 안은 어둠뿐이었다. 그리고 당연하게도 고요했다.

그 돌은 인한의 부모가 집들이 선물로 들고 온 것이었다. 가족만 초대한 자리였다. 인한의 부모는 업종을 바꿔가며 자영업을 오래해왔다. 큰 규모의 고깃집 체인 사업까지 했던 적이 있었지만 전염병이 돌던 시기에 전부 접고 쉬는 중이었고 백주의 아버지는 전역 후에 동기가 운영하는 군납 물류 회사에 들어가서 일하고 있었다. 정확히 어떤 일을 하는지 백주는 여전히 몰랐다. 아버지들은 밖에 나가서 담배를 피웠고 어머니들은 서로 조용히 속삭이며 대화하다 가끔 웃기도 했다.

설경은 처음에 기분이 좋아 보였다. 자기 친구와 친오빠가 오랜 연애 끝에 결혼을 했다는 것만으로 놀라운 일인데 서울 한복판에 아파트를 장만한 게 믿어지지 않는다면서 집 안을 돌아다녔다. 바닥을 쓸어보거나 벽을 눌러보기도 하면서 백주와 인한이 집을 보러 왔을 때보다 더 유심히 살폈다. 식사를 마치고 백주와 인한이 분주히 과일과 커피를 준비하고 있을 때 인한의 어머니가 주위를 둘러보며 백주를 옷방으로 불러냈다. 그리고 가방에서 돌을 꺼냈다. 이 집 마련하는 데 뭐 보태준 것도 없고 미안해서 이거라도 주고 싶다고 했다. 백주는 어떤 말을 해야 할지 몰라서 돌을 물끄러미 보고만 있었다.

"이게 보통 돌이 아니고, 우리 시아버지가 엄청 큰 이무기가 뒷마당에 똬리 튼 꿈을 꾸고 밖으로 나갔더니 전에 없던 이 큰 돌이 그 이무기가 똬리 틀었던 자리에 떡하니 있더란다. 어디서 감정까지 받았는데 운석이라더라, 그중에서도 희귀한 거라고. 그때 누가 천만 원 줄 테니 팔라고도 했다는데, 옛날에 그 돈이 어디 적은 돈이냐. 아버님이 이게 집안이 필 징조라고 절대 못 팔게 신신당부하시고 우리한테 물려준 건데, 네 시아버지가 장사하는 동안은 끔찍이 여기더니, 장사도 다 접은 마당이고, 이제 너희가 이렇게 번듯한 집도 구했으니 여기에 두면 좋을 듯 싶다고 하대. 설경이한테는 당분간 암말도 말고. 자기도 장사하니까 달라고 그랬었는데 그때 인한이 아버지가 이 핑계 저 핑계 대면서 안 줬거든."

백주는 일단 감사하다고 하고 돌을 옷방의 행거 밑에 두었다. 검고 투박한 돌이었다. 다시 꺼내볼 일이 있을 것 같지 않았다. 후식까지 먹은 뒤 부모들이 먼저 돌아갔다. 설경은 남아서 상 치우는 일을 돕고 가겠다고 했다. 인한이 설거지를 하는 동안 백주와 설경이 남은 음식들을 정리했다. 일을 먼저 마친 설경과 백주는 소파에 앉아서 TV를 틀어놓고 남은 과일을 먹었다. 설경은 바로 옆에 앉은 백주에게 속삭이듯 말했다. 이 집이 얼마인지 자기가 안다고. 어떻게 그 돈을 마련했냐고. 내가 너 연봉도 알고 우리 오빠 연봉도 아는데, 어떻게 샀냐고.

백주는 은행이 산 거라고, 자기가 산 게 아니라고 말했고 설경은 무슨 능력으로 대출을 받았냐고 되물었다. 요새 대출 얼마나 나오는지도 내가 다 알거든. 백주가 아무 말도 하지 않자 설경이 말했다.

"우리 엄마 아빠가 돈 좀 보태줬지? 너네 집일 리는 없고. 우리 아빠가 가게 정리하면서 대출 갚고 권리금 빼주고 하느라 남는 거 하나도 없다고 그랬는데 그럴 리가 없거든. 거기서 몇 년을 장사했는데."

설경은 계속 말했다. 자기가 얼마나 차별받고 자랐는지 아무도 모른다고, 인한이 좋은 직장을 가지게 된 것도, 부모님이 인한에게 집 살 돈을 보태줄 수 있게 된 것도 모두 자기의 희생 때문이라고. 그릇이 크게 부딪는 소리가 났다. 인한이 미안, 하고 말했다. 설경은 자기 어린 시절 이야기를 또 꺼냈다. 백주가 몇 번이나 들은 이야기였다. 인한은 국영수를 가장 잘 가르친다는 단과 학원에 따로 보내주고 자기는 동네 보습 학원만 끊어주었으며, 브랜드 운동화며 가방은 항상 인한만 사 주고 자기는 한 번도 원하는 옷과 가방을 가져본 적 없다는 이야기들.

백주가 설경에게 들은 이야기를 인한에게 말해주면, 인한은 걔가 그렇게까지 말해? 하고 놀라는 척을 했다. 인한은 자기가 다루기 쉬운 아이였다고 했다. 잠도 잘 자고 밥도 잘 먹고 짜증도 안 부리고 커서는 공부도 잘했다. 설경은 까다로웠다. 잠투정도 밥투정도 심하고 학교에 들어간 후로는 늘 이상한 친구들과 어울렸다. 부모가 사랑을 덜 준 게 아니라 다르게 키워야 했을 뿐이라고 인한은 말했다. 브랜드 옷과 가방을 똑같이 사 줘도 설경이 늘 친구들에게 줘버려서 더는 사 주지 않게 된 것이라는 설명도 덧붙였다.

백주는 설경에게도 인한에게도 고개를 끄덕여 보였다. 자기는 외동이라 잘 모르는 일들이 있을 것이라고 생각하고 말았다. 그런데 그날따라 설경이 하는 말에 짜증이 일었다. 설경은 언제까지 자신의 어린 시절의 불행을 곱씹으며 징징댈까? 백주의 어린 시절도 쉽지 않았는데, 설경은 외동인 백주가 자신처럼 차별받을 일이 없었다는 이유로, 단 한 번도 백주에게 묻지 않았다. 너는 어떻게 자랐는데? 설경이 물었다면 아마 백주는 이렇게 답했을 것이다. 아빠에게 좀 맞긴 했지만 괜찮았다고. 형제 없이 오로지 혼자서 부모의 기대와 분노를 받아내야 하는 외로움을 설경은 모를 것이므로. 백주는 설경의 말을 대꾸 없이 듣고 있다 자리에서 일어나 옷방에서 돌을 가지고 왔다.

"이거, 너네 어머니가 나 주신 거야. 이 아파트에 돈 한 푼 못 보태줘서 미안하다고 하시면서."

인한이 설거지를 마치고 오면서 언제? 하고 물었다.

"오빠만 괜찮으면 이거 설경이 줘도 돼? 설경이가 가지고 싶어 했대."

백주의 말에 인한이 그래, 설경이 주자,라고 말했고 백주가 설경에게 돌을 내밀자 설경은 돌을 받아 들고 자리에서 일어났다.

"내가 말한 게 이런 거야."

설경은 그대로 집을 나갔다. 나중에 시어머니가 알게 될까 봐 걱정이 되긴 했지만 그 후로 돌에 대한 이야기가 다시 나오지 않아서 완전히 잊고 있었다.

운석

"여기서 무슨 소리가 난다는 거야?"

백주가 돌을 빵 봉지 옆에 내려놓으면서 물었다.

"잘 들어봐. 주위가 정말로 조용해야지만 들려."

설경이 돌을 귀에 가까이 대보라고 손짓했다. 백주는 설경이 뭔가 착각하고 있거나 어딘가 아픈 것일지도 모른다는 생각이 들었지만 돌을 귀에 대보았다. 원룸에는 시계도 없었고 가장 꼭대기 층이라 층간 소음도 없었다. 가끔 화장실 벽을 타고 옆집의 변기 물 내리는 소리나 샤워기 소리가 들리긴 했지만, 주말엔 그마저 거의 들리지 않았다. 돌의 거친 표면이 귓바퀴에 닿을 정도로 귀를 가까이 대자 아주 작은 소리가 들리는 것도 같았다. 휘이익, 하고 바람이 휘몰아치는 소리 같기도 했고 장작이 타는 소리 같기도 했다. 백주가 설경에게 어깨를 으쓱해 보이자 설경은 손을 입에 가져다대며 조금 더 들어보라고 손짓했다. 백주는 다시 귀를 댔다. 불분명하게 맴돌던 소리들이 조금씩 서로 뭉쳐지는 것 같기도 했다. 어느 순간 백주는 숨 쉬는 것도 잠시 멈췄다. 그리고 분명히 들었다.

꺼내줘.

그런 단어였다.

"꺼내줘."

백주가 중얼거리자 설경이 맞지! 하고 소리쳤다. 너

도 그렇게 들리지? 설경이 몇 번이나 물었다. 더 자세히 들어봐. 오빠 목소리 같아.

"그럴 리가 있어? 그냥 우연히 그렇게 들리는 거겠지."

백주는 돌을 다시 설경에게 돌려주었다. 스산하게 속삭이는 듯한 이상한 소리에 더는 귀기울이고 싶지 않았다.

"다시 들어봐. 장례식이 끝나고부터 들리기 시작했어. 그날 내가 마감이라 미용실 문 닫고 청소하고 집에 가려는데 우박이 내렸어. 한겨울이었는데 날이 푹하더니 갑자기 우박이 쏟아진 날, 기억하지? 지난겨울에 하룻밤 사이에 10도나 온도가 올랐다 떨어지고 난리였잖아. 그냥 불도 안 켜고 청소 비품함에 기대서 다리 좀 주물거리고 있는데 갑자기 주위가 조용해지는 거야. 우박이 쏟아지는 동안 엄청 시끄러웠거든. 드디어 그쳤나, 하고 창밖으로 가봤는데, 오빠 목소리가 들리는 거야. 내 이름까지 부른 것 같았는데……"

"그럴 리가 없잖아."

백주는 돌을 가만히 보면서 말했다. 그냥 우연하게 들리는 소리를 확대해석한 것뿐이라고.

"나도 믿고 싶지 않았어. 어떤 때는 미친 사람처럼 손님 없을 때마다 돌에 귀를 대보고 그랬어. 내가 잘못

들은 거 아닐까? 민영이한테도 물어보고 친한 손님들한테도 물어봤어. 근데 다들 이상한 바람 소리 말고는 안 들린다는 거야. 소라 껍질에 귀를 대면 파도 소리가 들린다고 하잖아. 나도 그런 거라고 생각하려고 했어. 근데 어느 날은 돌이 갑자기 소리를 질러. 꺼내달라고. 평소에는 이렇게 귀를 대봐야 겨우 들리는 소린데 그럴 땐 깜짝 놀랄 정도로 큰 소리가 나. 내 머릿속에서만 나는 소린가, 내가 미친 걸까 싶어서 소리가 날 때마다 녹음도 해봤거든. 녹음한 소리를 틀면 또 그렇게 안 들리는 거야. 정신과에 가보기 전에 혹시나 싶어 너한테 온 거야. 왠지 너라면 들을 것 같아서."

말이 안 되잖아. 백주는 생각했다. 인한은 소리를 지르는 사람이 아니었다. 스스로 가두면 가뒀지, 누가 자기를 가뒀다고 소리를 지른다는 거야. 그럴 사람이 아닌데.

인한은 스스로 운이 좋은 편이라고 말하곤 했다. 자연현상을 관찰하듯이 어떤 의도 없이 그렇게 말할 수 있는 사람이었다. 최상위권은 아니지만 괜찮은 대학교를 나왔고, 전공과 큰 연관은 없지만 어학 실력이 좋아서 대기업 정유사에 취직했다. 매일 변동하는 온갖 그래프와 지수들을 출근길에서부터 봐야 했지만 같이 일하는 사람들이 유능하고 배울 점도 많다고 말했다. 인한의 키와 몸무게도 평균 정도 된다고 할 수 있었고 비슷하게 안정적인 직장을 가진 친구들도 꽤 있었다. 백주가 이력서를 백 군데 이상 넣고도 연락을 한두 번 받고 그마저도 면접에서 떨어지면 인한은 사회가 불합리하다,라고 말했다. 그리고 백주가 원하는 조건에서 연봉, 장래성, 출퇴근 거리, 복지 수준을 하나씩 짚어가며 어느 것을 어디까지 포기할 수 있는지 물었다. 백주는 인한이 그런 사람이어서 좋았다. 화가 없는 사람, 어떤 불합리한 일들에도 선천적으로 면역이 있는 것 같은 사람. 그리고 바로 그런 이유로 언젠가부터 인한이 시시해지기도 했다.

"오빠를 꺼내줘야 할 것 같아."

백주가 뭘 어떻게 할거냐고 물었더니 설경은 돌을 자르면 되지 않을까?라고 말했다. 백주는 웃음이 나왔다. 뭐가 웃겨? 설경이 물었다. 백주는 웃음이 쉽게 멎지 않아서 숨을 크게 쉬어야 했다. 너무 이상해. 백주가 말했다.

"네가 무슨 소리를 하는지 하나도 모르겠어."

"너는 항상 그런 식이네. 얘기를 해도 듣지를 않아."

설경은 백주에게 돌을 두고 갈 테니 자기가 하는 말이 무슨 말인지 모르겠으면 계속 그 돌이랑 같이 잘 지내보라고 말했다.

23   운석

백주도 그 돌을 창가에 두었다. 둘 곳이 마땅치 않았다. 백주는 집에 있는 동안 종종 틀어두었던 음악도 라디오도 듣지 않았고 자주 돌에 귀를 가져다댔다. 어쩔 때는 *꺼내줘*라는 말이 들리는 것 같기도 했지만 의미 없는 소리라고 생각해도 될 정도로 불분명하고 작았다. 인한의 목소리와는 조금도 비슷하지 않았다. 인한의 목소리는 안정적이고 둥근 저음이었다. 이런 쉭쉭거리는 소리가 전혀 아니었다. 7월부터 13층의 원룸은 견딜 수 없이 뜨거워졌다. 백주는 여전히 물가를 걷고 있는 사람들을 물끄러미 내려보면서 둑길을 지나갔다. 비가 내렸다 그치길 반복하던 토요일에 낮잠을 자고 있던 백주는 쿵, 하고 무언가 떨어지는 소리에 잠에서 깼다. 돌이었다. 돌이 바닥에 있었다. 그리고 *꺼내줘*라고 말했다. 분명하고 큰 소리로. 낮고 둥근 저음으로.

설경이 그날 저녁에 집으로 왔다.

"떨어지기까지 했다고? 나랑 있을 때는 그런 적 없었는데."

백주의 집에는 여전히 박스 몇 개가 뜯지도 않은 채로 남아 있었다. 대부분 인한의 짐이었다. 그들은 여전히 박스에 커피를 내려놓고 바닥에 앉아서 돌을 어떻게 할지 이야기했다.

"역시 꺼내줘야겠지."

설경의 말에 백주가 무심코 답했다.

"산이나 공원 같은 데 가서 돌에 부딪쳐볼까."

"이거 금속 성분이라서 돌로는 안 부서질걸."

"멍키스패너는? 그건 스테인리스인데."

백주의 말에 설경이 우리 힘으로 될까? 물었지만 일단 시도는 해보기로 했다. 층간 소음이 걱정되어 돌을 단단해 보이는 박스 위에 올렸다. 설경이 스패너를 내리쳤다. 낑, 하고 금속끼리 부딪는 소리가 났다. 물론 돌은 깨지지 않았고 박스 밑에 있던 무언가가 퍽 하고 깨지는 소리가 났다. 이 안에 뭐가 들었는데? 설경이 물었고 백주는 자기도 모른다고 답했다.

돌을 자르는 일을 하는 데가 있지 않을까, 설경이 말했다. 백주는 문득 인한의 납골당으로 가던 길에 보았던 수많은 비석이 생각났다. 비석, 조경이라는 간판 하나만 땅에 툭 던져둔 채 고속도로 변에 빼곡히 들어서 있던 돌들. 비석을 만들어 파는 곳에 가보면 되지 않을까. 그들은 스마트폰으로 지도 앱을 열고 가장 가까운 판매점을 찾았다. 전화를 걸어서 영업을 하는지 묻고 바로 택시를 불렀다. 백주가 돌을 쇼핑백에 넣고 들었다. 택시에 타고 나서야 그들은 거기 가서 어떻게 이야기를 꺼낼지 고민하기 시작했다.

"일단 비석을 하나 사자."

백주가 말했다. 서비스로 이것 좀 자르거나 부숴달라고 하면 되잖아.

"비석을 사서 어따 두게?"

설경의 물음에 백주는 값만 지불하고 안 가져오면 되지 않느냐고 되물었다. 설경은 그럼 장사하는 사람이 얼마나 기분이 안 좋겠냐고 말했다. 그럼 어떻게 하게. 백주가 묻자 설경은 나도 모르지,라고 대답했다.

"만약에, 우리가 돌을 깼어. 그런데 우리 오빠 대신 이상한 외계 생물체 같은 게 나와서 세상이 멸망하면 어떡할래?"

설경이 물었다.

백주는 여기서 더 이상한 이야기를 하게 될 수 있으리라고 생각지도 못했다고 답했다.

"넌 뭐, 아쉬운 거 없어?"

설경이 물었다.

"딱히 아쉬운 건 없는데."

백주가 말했다. 너는? 백주가 묻자 설경은 나도 별로,라고 말하다 아, 나 적금 이번에 8퍼센트 특판 선착순 어렵게 든 거 있어,라고 말했다. 그리고 다음 주에 택배 올 게 있다고 했다. 뭔데? 백주가 물으니 설경이 양가죽 부츠라고 말했다. 진짜 가죽 부츠를 언젠가부터 사고 싶었는데 일할 때 신기에는 불편하고 다리가 자주 부어서 안 사려다 소재랑 디자인이 마음에 드는 것을 발견했다고 했다. 적금은 언제 끝나는데? 백주가 묻자 설경이 2년 후라고 말했다. 2년이라. 설령 세상이 망한다고 해도 2년 만에 망하기는 어렵지 않을까. 백주가 말했다. 아마 어렵겠지. 막 사람들을 먹어치우는 외계인이라고 해도, 인구가 얼마나 많아. 설경이 말했다. 곧 80억 된다던데. 백주가 말했고 설경이 고개를 저었다. 80억이라니.

"넌 아파트 판 돈 그대로 통장에 있는 거 아냐? 그거 안 아쉽겠어?"

설경이 물었다. 설경의 말대로 아파트를 팔고 원룸으로 이사 오면서 남은 돈이 고스란히 백주의 통장에 들어 있었다.

"내 돈도 아닌데 뭐. 아, 그거 우리 아빠가 군대에서 쫓겨나기 전에 횡령한 돈이야. 물론 그때는 훨씬 적었지만. 엄마가 부동산으로 그 사이에 좀 불렸대."

백주의 말에 설경이 백주를 쳐다보았다.

"너네 부모님이 너 몰래 준 거 정말 아니니까 나중에 괴롭히지 마."

백주는 인한에게도 그 돈에 대해 자세히 말하지 않았다. 갑자기 왜 설경에게 그런 말을 했는지 자신을 이

해하기 어려웠다. 백주의 어머니는 백주에게 농담처
럼 말했다. 그거, 너네 아버지라는 사람이 꿍쳐 온 돈
이라고. 꿍쳐 온 돈? 백주의 물음에 어머니는 어깨를
으쓱하며 웃을 뿐이었다. "그때는 다 그렇게 살았어."
백주는 아버지가 군에서 퇴역한 연도의 신문을 검색
했다. 아버지가 소속되어 있던 부대의 모든 사건, 사
고, 인사 소식을 찾아봤다. 일병 한 명이 상당히 의심
스러운 총기 오발 사고로 다리를 절단하는 사고가 있
었다는 기사를 백주는 유심히 읽었다. 일병의 아버지
는 국방부에서 형편없는 보상금을 내놓았다고 분개했
고 그의 어머니는 충격으로 몸져누워 있다고 기자는
전했다. 어쩌면 가족에게 가야 할 보상금을 아버지가
중간에서 가로챈 것일지도 몰랐다. 백주는 가끔 그 일
병에 대해 생각했다. 어쩌다가 총기가 오발되었을까.
기사의 지적대로 한국전쟁 때 쓰던 총기를 그대로 쓰
면서 발생한 노후화 문제였을까. 집단 내 괴롭힘이나
갈등에서 발생한 고의적이면서 동시에 우발적인 사고
였을까. 그 일병은 다리를 잃고 어떤 삶을 살아왔을까.
아직도 그때의 고통을 기억할까. 그런 생각을 할 때마
다 백주는 막연한 죄책감을 느끼면서도, 이 이야기를
누구에게도 말하지 않으리라고 다짐했었다.

　　택시가 목적지에 도착했다. 가로등 빛도 들지 않는

도로변이었다. 컨테이너 박스에 불이 켜져 있었다. 설경이 앞서 가 문을 두드렸다. 야구 모자를 쓴 남자가 문을 열었다. 한 번도 우승을 못 하고 몇 년 전에 해체한 팀의 모자였다. 인한과 함께 경기를 보러 간 적이 있었다. 지고 있으면 그대로 지고 이기고 있어도 온갖 실책으로 역전당하는 팀이었다. 도대체 이런 팀을 왜 좋아하냐고 인한에게 물으면 인한은 야구가 망해도 우리는 안 망하니까 괜찮아,라고 말했다. 인한은 언제나 괜찮은 사람이었다. 정말로, 언제나 괜찮을 사람이었는데. 어쩌다 인한은……

"전화하신 분들이에요?"

남자가 물었다. 백주나 설경의 아버지와 비슷한 또래 같았는데 목소리가 매끄러웠다. 일단 들어오시라며 남자가 안으로 들어갔다. 남자를 따라 들어가자 실내는 뿌연 공기와 담배 냄새로 가득했다. 벽걸이 TV에서 뉴스가 나오고 있었고 가죽 소파와 간이 테이블, 작은 냉장고가 놓여 있었다. 남자는 백주와 설경을 소파에 앉으라고 손짓한 뒤 냉장고에서 비타민 음료를 두 개 꺼내 왔다.

"묘비를 하시나요? 아버지? 어머니?"

백주가 대답하기 전에 설경이 말했다.

"며칠 전에 죽은 우리 강아지 무덤에 세워줄 건데,

작은 사이즈도 있나요?"

"어차피 다 제작하는 건데 고르시기 나름이고 요새
는 많이들 해 가시더라고요."

남자는 탁자에 있던 파일을 가져와서 한참 넘기다가
작은 묘비들을 보여주었다. 주로 아이들 묘라고 했다.

"그래도 강아지 묘비는 낫지. 아이들 묘비는 더 마
음이 쓰여요. 이 나이가 되어도."

"강아지 보낸 마음도 똑같이 아파요."

설경이 말했다. 백주가 알기로 설경은 강아지를 키
워본 적 없었다.

"아, 그럼요. 그러시겠죠."

남자는 설경을 한번 쳐다보았다.

"혹시 여기서 돌을 파쇄해주실 수도 있나요?

"파쇄요? 어떤 돌인데요?"

"그냥 돌이에요. 사실 저희 강아지가 누군가 던진
돌 때문에 죽은 거거든요. 그 돌을 가지고 왔어요. 혹
시 여기서 부숴주실 수 있을까요?"

백주는 설경을 보았다. 설경은 백주가 바닥에 둔 쇼
핑백을 고집스레 보고 있었다.

"돌 던진 사람은 잡았어요?"

"아니요."

"그럼 그게 유일한 증거 아니에요? 그걸 부숴달라고?"

"이상한 부탁인 건 아는데 저희 마음이 그래야 편할 것 같아서요."

설경이 예상한 질문이라는 듯 빠르게 답했고 남자는 말없이 모자를 벅벅 긁었다.

"안 되면 다음에 올게요."

백주의 말에 남자가 백주와 설경을 번갈아 보면서 일단 돌을 보여달라고 했다. 백주가 쇼핑백을 건넸다.

"이거 보통 돌이 아닌데?"

남자가 돌을 꺼내며 말했다. 설경과 백주의 눈이 마주쳤다.

"저희야 모르죠."

설경이 말했다.

"진짜 이걸 부숴요? 어려운 건 아닌데…… 이런 돌은 소유자를 추적하는 게 어렵지 않을 수도 있는데. 내가 아는 감정사 소개시켜드려?"

"아니요, 괜찮아요."

백주가 얼른 남자의 말을 잘랐다.

"뉴스를 보다 보면, 이런 놈들이 꼭 있어요. 자기가 죽여놓고 여기 사람이 죽어 있다고 직접 신고를 하는 거야. 경찰이 바보도 아니고 다 잡히는데도 그런 멍청한 짓을 하는 사람들이 계속 있더만."

남자가 백주와 설경을 흘끗 보며 말했다. 백주의 머

리가 뜨거워졌다. 백주는 인한이 병원을 다니고 약을 먹고 있던 것을 알았다. 인한이 집에 오는 시간이 점점 늦어지는 것도, 밤에 잠을 못 이루고 거실을 서성이거나 책상 앞에 컴퓨터를 켜고 가만히 앉아 있곤 한다는 것도 알았다. 백주는 인한에게 힘드냐고 물었고 힘들어하지 말라고, 원하면 회사를 그만둬도 된다고, 대출이 있는 것도 아니고 생활비 정도는 혼자 벌 수 있다고 말하기도 했다. 인한은 고마워,라고 말했다. 나아지고 있는 것 같아,라고도 말했다. 거짓말이었다. 인한은 오랫동안 나아지지 않았다. 그럼에도 매일 출근을 하고 퇴근을 하고 백주와 저녁을 먹었다. 백주는 사람이 아무런 이유 없이 아플 수 있다는 것을 알았다. 아픈 데 이유가 반드시 있으리란 법이 없다는 것도 알았다. 하지만 인한은 정말 아플 이유가 없었다. 인한은 원래 감정 기복이 거의 없는 편이었다. 그런데 어느 순간 감정이 아예 움직이지 않는다고 했다. 마음이란 게 통째로 사라진 것 같다고. 백주를 보면 여전히 친밀하고 좋은데 그건 기억이지 마음이 아니라고 했다. 그게 도대체 무슨 말인지, 백주는 이해할 수 없었다. 왜인지 인한이 자기 탓을 하는 것 같다는 생각마저 들었다.

"내가 지겹다는 말이야?"

백주가 물으면 인한은 그런 말이 정말 아니라고, 표

정 변화도 없는 얼굴로 말했다. 인한과 이야기를 하다
보면 항상 똑같은 말을 묻게 되었다. 내가 어떻게 해줘
야 해? 내가 무슨 잘못을 해서 네가 결혼하고부터 이
렇게 시들어가는 거야? 인한은 그런 게 정말 아니라고
말했다. 화도 없이, 슬픔도 없이 고요한 얼굴을 한 채.
그날 밤에는 인한이 잠시 나갔다 오겠다고 했다. 인생
처럼 굴곡 없는 얼굴이야, 백주는 생각하며 인한의 말
을 못 들은 척했다. 백주는 인한에게 나가지 마,라고
말할 수도 있었다. 하지만 하지 않았다.

"지금 저희를 범죄자 취급하시는 거예요?"

설경이 말했다. 백주는 설경을 잡았다. 그만 가자.
남자는 뉴스 화면 쪽으로 고개를 돌리고 설경의 말을
못 들은 척했다.

그들은 컨테이너 밖으로 나왔다. 안에서 텔레비전
소리가 갑자기 크게 흘러나왔다. 택시 호출이 연속으
로 실패했다. 그들은 우선 근처 버스 정류장까지 걸어
가기로 했다. 가로등이 멀찍이 떨어져 빛은 짧고 어둠
은 긴 길이었다. 설경이 휴대폰으로 발밑을 비추면서
앞서 걸었다. 차는 드물었고 너무 빠르게 지나갔다.

"너 혹시 오빠 휴대폰 가지고 있어?"

설경이 물었다.

"가지고는 있어."

"켜본 적 있어?"

"아니."

"그날, 오빠가 나한테 문자했어. 미안하다고."

"……"

"내가 뭐라고 했는지 알아?"

"모르지."

"이제 와서."

"그랬어?"

"나쁜 년이지?"

백주는 대답 없이 쇼핑백을 끌어안았다. 내가 더 나빠, 그런 말을 하려다 말았다. 그날 인한은 백주에게 아무런 메시지도 남기지 않았다. 설경에게는 미안하고, 백주에게는 미안하지 않았던 걸까? 백주는 입술을 잠깐 깨물었다. 그런 건 아니었겠지. 그런 무정한 마음이 아니라…… 인한도 알았던 거겠지. 그날 인한이 어떤 말을 보냈더라도, 백주가 답장하지 않았으리란 것을.

"지진이 났대."

설경이 휴대폰을 보면서 말했다. 백주도 휴대폰을 보았다. 재난 문자가 와 있었다. 전염병을 거치는 동안 재난 문자가 너무 자주 와서 알람을 꺼두고 있었다. 지도에서는 분명 가까워 보였는데 정류장은 나타나지 않았다. 땅이 조금씩 흔들리는 것 같기도 했다. 지진은

가깝지는 않지만 아주 멀지도 않은 해안 도시에서 일어났다.

꺼내줘.

갑자기 천둥 같은 소리가 들렸다. 들었어? 백주가 물었다. 뭘? 설경은 휴대폰을 계속 보면서 걷고 있었다. 쇼핑백이 흔들리기 시작했다. 딛고 있는 땅이 꿈틀거려서 백주는 발을 헛디딜 뻔했다. 쇼핑백 안에서 돌이 튀어 올랐다. 백주는 쇼핑백을 놓쳤다. 가드레일 밖 버려진 비닐하우스가 있는 땅으로 돌이 굴러갔다.

"야, 너 지금 우리 오빠 버린 거야?"

설경이 뒤를 돌아보며 소리쳤다.

아니, 내가 버린 게 아니라…… 백주는 말하려다 말고 주저앉았다. 발밑의 땅이 조금씩 갈라졌다. 이제서야, 땅이 꺼지는구나, 백주는 설경이 있는 몇 발자국 앞까지 영영 갈 수 없었다.

인
터
뷰

성혜령×소유정

소유정 2022년 겨울 이후 2년 만에 『소설 보다』에서 뵙게 되었어요. 그간 바쁘게 지내셨을 것 같다는 생각이 들어요. 당시 '이 계절의 소설'에 선정되었던 「버섯 농장」이 이후 2023년 젊은작가상 수상작이 되었고, 또 「간병인」이라는 소설로 2024년 이상문학상을 수상했지요. 올해 4월에는 첫번째 소설집 『버섯 농장』(창비)이 출간됐기도 하고요. 축하드릴 일이 많은 시간을 보내신 것 같아요. 근황은 어떠신가요?

성혜령 말씀대로 그사이에 정말 많은 일이 있었네요. 2년 전에 저는 아직 발표하지 못한 소설 재고가 꽤 있던 신인 소설가였고, 사람들이 찾지 않는 가게 주인처럼 이 소설들이 언제 팔리려나, 이 케케묵은 이야기들을 누가 재밌게 읽어줄까 초조해하며 투고를 하고, 거절되기도 하고, 또 운좋게 지면을 얻기도 했습니다. 첫 소설집을 내기까지는 줄곧 그렇게 발을 동동거린 날들이 이어졌던 것 같아요. 첫 소설집을 내고 나서야, 그동안 제가 썼던 소설들이 가진 한계랄까, 좋게 말하면 특징이랄까 하는 것들이 보이기 시작했어요. 그러면서 많이 쓰고 빨리 발표하는 것보다 내가 쓸 수 있는 소설을 더 넓고 깊게 파봐야지 생각하게 된 것 같습니다.

소유정 　서스펜스를 차근히 쌓아 올리며 순도 높은 긴장 감을 만들어내는 것이 성혜령 작가 소설의 전반적인 특징인 것 같아요. 그에 비해 「운석」은 "가 깝지는 않지만 아주 멀지도 않은 해안 도시에서 일어"나는 "지진" 같은 느낌이 들었어요. 분명 무슨 일이 벌어지고 있고 곧 눈앞에 펼쳐질지도 모르는데 아직은 고요한 그런 느낌이요. 긴장을 만드는 방식이 이전의 소설과 약간은 달라졌다 고 느꼈는데 혹시 소설을 쓰는 방식에 대하여 생 각의 변화가 있었는지도 궁금합니다.

성혜령 　「운석」을 쓸 때 저 스스로 망설이고, 어색하고, 조심스러웠던 게 그런 식으로 소설에 반영된 것 같아요. 준비가 잘된 상태에서 차근차근 쌓아 올 리는 방식이 아니라 맴돌고, 찔러보고, 발자국 만 어지럽게 남기는 소설이 된 듯한데요. '운석' 으로 몇 번이나 이야기를 만들어보려고 시도했 지만 계속 실패한 뒤였고, 그 뒤에 갑자기 '운석' 이 "꺼내줘"라는 말을 하면 어떨까, 하는 아이디어가 떠올랐는데, 저는 정말 상상력이 매우 굳어 있고 딱딱한 사람이거든요. 그전까지는 상상이나 환상으로 소설을 써본 적이 한 번도 없었어요. 이상한 일이 벌어지는 이야기에 항상 끌렸지만, 그 '이상함'이 현실적, 물리적 법칙을 완전히 위배하는 순간 제동이 걸리는 타입이거든요. 제게 돌이 말하는 이야기는 그래서 조심스럽고, 어색한 시도였어요. '운석'으로 정말 여러 편의 소설을 실패하지만 않았어도, 이 아이디어를 붙잡고 매달리지는 않았을 거라는 생각도 들어요. 이 소설을 쓸 때 제대로 정해진 것은 '돌이 말한다→돌을 깨러 비석을 파는 곳으로 간다'는 동선밖에 없었고, 동선을 무작정 진행시켜서 초교를 만든 뒤에 꽤 여러 번 보강해야 했습니다. 이런 작업 방식이 이전과 다른 분위기를 자아내는 데 영향을 미치지 않았을까 짐작해봅니다.

소유정 소설은 설경의 오빠이자 백주의 남편인 인한의 죽음 이후에 시작이 됩니다. 시부모에게 "집안이 필 징조라"고 선물받았던 운석에서 '꺼내달라'는 인한의 목소리가 들려온다는 것이 문제였는데요. 그 목소리를 듣는 설경과 백주는 공교롭게도 인한에게 마음의 부채를 가진 사람들이었지요. 그렇게 보면 돌이라는 건 그저 알레고리가 아닐까, 사실 그들의 마음 아주 깊은 곳에서 들려오는 죄의식이 인한의 목소리처럼 들리는 게 아닐까 싶었어요. 설경과 백주가 듣는 "낮고 둥근 저음"을 가진 소리의 정체는 무엇이었을까요?

성혜령 저는 목소리의 정체보다, 많은 말 중에 왜 하필 "꺼내줘"라는 말이 들리는지 궁금해하며 썼던 것 같아요. 이 목소리는 인한의 것일 수도 있고, 진짜 '외계 생명체'의 것일 수도 있고, 아니면 그저 두 사람이 동시에 경험하는 환청일 수도 있는데, 왜 하필 '꺼내달라'고 할까요? 처음 소설을 시작할 때, 이 말에 사로잡혀 있었어요. 외계에서 떨어진 돌 안에 수천 년이 아닌 수억 년 동안 어떤 물질 혹은 생명이 돌 안에 남아 있었고, 아주 오랫동안 여기가 아닌 다른 곳을 꿈꿔왔다면…… 그것이 램프에 갇힌 지니 혹은 판도라 상자에 갇힌 불행일 수도 있지만, 꺼내지고 싶은 욕망은 똑같이 크고 강렬할 것 같다는 생각이 들었어요. 우연히 떠올린 이 '꺼내줘'란 단말마의 명령, 부탁 혹은 주술에 강력한 힘이 깃들어 있는 것 같아 소설을 시작할 수 있었던 것 같습니다.

소유정 '꺼내달라'는 돌의 요구를 들어주기 위해 설경과 백주는 비석 판매점을 찾는데요. 비밀스럽게 일을 진행하려니 거짓말을 하게 되고 주인에게 의심을 받게 됩니다. 그때 비석 판매점 주인은 이런 말을 하지요. "뉴스를 보다 보면, 이런 놈들이 꼭 있어요. 자기가 죽여놓고 여기 사람이 죽어 있다고 직접 신고를 하는 거야." 이 말에 "백주의 머리가 뜨거워"짐을 느끼는 까닭은 인한을 충분히 알아주지 못했던 자신도 그의 등을 떠민 한 사람이라는 생각이 들었기 때문일 것 같아요. 인한의 죽음 이후 "아무도 백주의 탓을 하지 않았지만 백주는 누군가와 계속 싸우고 있"는 기분을 느끼는 것도 이 때문일 텐데요. 모두가 백주를 몰아세우는 듯한 상황을 그리면서 작가님의 마음도 편하지만은 않았으리라는 생각이 들어요. 사실적이면서도 괴로운 이 상황 속에 한 인물을 놓아둘 때 어떤 마음이었는지 궁금합니다.

성혜령 유명한 격언 중에 '내가 할 수 있는 일과 할 수 없는 일을 구분할 수 있는 지혜'를 구하는 기도

가 있잖아요. 저는 이 문구를 볼 때마다, 그런 지혜는 영영 인간이 구하기만 할 뿐 가질 수 없는 것이 아닌가, 생각했던 것 같아요. 사실 내가 할 수 없는 일과 할 수 있는 일의 경계는 결국 본인이 정할 수밖에 없잖아요. 자의적이죠. 나는 여기까지밖에 못할 것 같다,라고 스스로를 납득시키거나 스스로에게 선언을 해야지만 어떤 일을 끝낼 수 있는데, 하고 항상 의문이 남을 거예요. 정말 그런가? 정말 나는 이 정도만 견딜 수 있는가? 그때는 너무나 확신에 차서, 그래 이건 내 일이 아니다, 이 사람은 내 사람이 아니다, 해도 시간이 지나면 다른 마음이 불쑥 들어올지 몰라요. 정말 그래? 그때 네가 그냥 편하게 도망치고 싶었던 거 아니고? 저는 물론, 당연히 빨리 도망치고, 빨리 포기하는 게 중요하다고 생각하는 사람이고, 언제나 플랜 B를 준비해두는 인간이지만 오히려 쉽게 포기하고 옮겨 가는 사람이라 더더욱 그런 생각을 많이 하는 것 같아요. 백주는 그때 그럴 만했겠지만, 다른 누구도 아닌 백주 자신만은 그 마음을 계속 의심할 수밖에 없으리라고 생각했어요. 적어도 저라는 사람은 이런 식으로 매번 복잡한 마음을 안고 사는 것 같습니다.

소유정 「운석」을 읽으면서 우울을 앓는 사람과 같이 살아가는 사람에 대해 오래 생각해보게 되었어요. 안쪽에서부터 병든 이의 마음도 당연히 헤아릴 필요가 있지만, 그와 함께 사는 사람 역시 힘들 수밖에 없을 거잖아요. 자신이 어떤 태도를 취해야 할지, 어떤 행동을 해야 하는지 해답을 찾기가 쉽지 않으니까요. 결국 남겨진 사람인 백주에게 성혜령 작가가 해주고 싶은 말이 있다면요?

성혜령 오래 생각하게 만드는 질문이네요. 만약 제 주변에 백주처럼 혼자 남겨진 사람이 있거나, 어떤 이유로든 마음속에 큰 돌이 들어와 있는데 옮기지도 부수지도 못하고 함께 살아가고 있는 사람이 있다면, 그리고 제가 그 사람의 마음을 감히 짐작이나마 해볼 수 있게 된다면(대개의 경우 저는 주변 사람의 역할만 하다 사라지겠지만) 저는 아마 스스로에게 먼저 이렇게 말할 것 같아요. 절대 아는 척하지 말자. 그 사람의 고통을 짐작하지 말고, 재지 말고, 함부로 위로하려고 하지 말자. 그다음에는 아마도, 그 사람과 이전에 했던 이야기들을 또 하겠지요. 일상, 최근에 빠져서 본 영화, 드라마, 책, 회사에서 있었던 일들,

사건들, 사고들, 나날이 혹독해지는 날씨와 계절, 함께 먹을 음식들…… 그리고 그 모든 대화에서 상대방이 자신을 얼마나 몰아붙이고 있든 그 사람이 나에게는 좋은 사람이고, 배려해주고 싶은 사람이라는 것을 느낄 수 있도록 최선을 다할 것 같아요.

소유정 마지막 장면에 대해서도 이야기해볼까요? 들고 있던 쇼핑백을 놓쳐서 돌이 굴러갔을 때 설경이 "너 지금 우리 오빠 버린 거"냐며 소리를 치고, 백주는 아무 말도 못하고 주저앉는 장면이에요. 여기서 백주는 "이제서야, 땅이 꺼지는구나" 하고 무언가 이전과 다른 감정을 느끼는데요. '땅이 꺼지는 듯한' 이 감정에 대해서 여러 갈래로 해석이 가능할 것 같아요. 그동안 실감할 수 없었던 인한의 죽음이 갑작스레 다가오는 것도 같고, 인한의 아픔을 제대로 들여다보지 못했던 것이 어쩌면 설경의 말처럼 그를 버렸기 때문이 아닌가 하는 죄책감을 느꼈던 것 같기도 하고요. 마지막 장면에서 백주가 느낀 감정에 대해 조금 더 설명을 듣고 싶습니다.

성혜령 이 소설의 마지막 장면을 설정할 때 고민이 많 았는데요. 처음에 막연히 길 위에서 끝났으면 좋 겠다는 생각이 있었고, 왜인지 모르게 저에게 운 석과 지진이 함께 연상되어 인물이 지진을 경험 하게 하고 싶었어요. 사실 이런 생각은 전적으로 직감에 의한 것이고, 계산되거나 공을 들여 떠올 린 것은 아니었어요. 저조차도 왜 지진이 나와 야 하는지 의미를 몰랐죠. 그러다가 "야, 너 지금 우리 오빠 버린 거야?"란 대사를 수정 중에 추가 했는데, 그제야 이 마지막 장면이 이렇게 끝나야 한다는 확신이랄까, 예감 같은 것이 생겼어요. 백주는 줄곧 '인한'이 자기를 버렸다고 생각했지 만 실은 '자신'이 인한을 버렸을까 봐 두려웠을 거예요. 차마 그 두려움을 똑바로 마주 볼 자신 이 없어서 이사도 하고, 설경의 연락을 귀찮아하 면서, 자기는 괜찮지 않을 이유가 없다는 생각도 했을 테고요. 백주가 의식했든 의식하지 못했든, 백주가 자기 두려움의 존재를 확인한 순간, 백주 는 누구도 들어올 수 없는 고독한 땅에 갇히게 되었으리라고 생각했어요. 마치 지진으로 깊이 갈라진 땅처럼요.

소유정 올해 8월 웹진 〈비유〉에 이 소설을 발표하면서
마지막에 이런 메모를 남겼습니다. "저 먼 우주
에서 온 돌이 우리 삶에 무심코 던져졌을 때, 어
떤 파동이 발생할까요?" 「운석」은 이와 같은 물
음에서 시작한 소설이라고 이해할 수 있었는데
요. 같은 질문을 성혜령 작가에게도 드리고 싶어
요. 만일 먼 우주로부터 온 돌이 손에 쥐여진다
면 어떻게 할 것 같나요?

성혜령 사실 그 물음은 소설을 쓰고 생각한 것이긴 합니
다. (웃음) 소설을 시작할 때 저는 신기할 정도로
질문보다 결론에서 시작하는 편인 것 같아요. 이
인물은 이런 상황에 처했고, 어떤 일을 하게 될
것이다를 정해두고 쓰는 편이고, 질문은 쓰는 과
정에서 생기는 것 같아요. 결국 소설을 쓰면서 질
문에 답하게 되니, 이 소설이 그 질문에서 시작되
었다고 해도 틀린 말은 아니지만요! 질문에 답을
하자면, 저에게 먼 우주에서 온 돌이란, 결국 제
게 가해진 이해할 수 없는 불행들일 거예요. 사실
저의 삶은 이미 던져진 돌의 파동 안에 있다고
볼 수도 있어요. 어릴 때 암 선고를 받았고, 그
후로 다리에 장애를 얻었고, 그럼에도 불구하고

지금까지 살아오고 있으니까요. 그 파장이 때로는 쓰나미처럼 저를 휘청거리게 했고, 때로는 잔잔하고 기분 좋게 찰싹거릴 때도 있었는데요. 지금은 그 시간으로부터 상당히 멀리 온 것 같은데도 여전히 거센 파동을 느낄 때가 있습니다.

소유정 왠지 운석이 등장하는 이야기가 여기서 끝이 아닐 것 같다는 생각도 드는데요. 「운석」이 다음 소설로 이어지기를 바라는 저의 바람이기도 하겠지요. 이후 집필 계획이 궁금합니다.

성혜령 또 운석이 나오는 이야기를 쓸 수 있을지는 모르겠지만, 단편소설은 꾸준히 쓰고 있습니다. 최근에는 1980년대에 이름 날리던(?) 고문관이 나오는 단편소설을 완성했고(아직 아무 데서도 청탁받지 않아 재고 +1로 남아 있습니다) 올겨울에는 앤솔러지에 실릴 단편을 쓰려고 합니다. 분기에 단편소설을 한 편씩, 그리고 더 부지런히 준비해서 내년에는 장편소설을 써보려고 하는데, 잘될지는 모르겠네요!

여름 손님입니까

이주혜

2016년 창비신인소설상을 통해 작품 활동을 시작했다.
소설집『그 고양이의 이름은 길다』『누의 자리』, 경장편소설
『자두』, 장편소설『계절은 짧고 기억은 영영』등이 있다.

호텔 출입구에 향이 타오르고 있었다. 향은 호텔 안과 밖의 경계인 회전문 안에서 온종일 흰 연기를 피워 올렸다. 향이 가장 먼저 손님을 맞이하고 맨 마지막으로 손님을 배웅했다. 문이 돌고 돌면 향도 돌고 돌았다. 시작과 끝이, 손님과 주인이 향과 함께 돌고 도는 어지러운 호텔이었다.

체크인을 마치고 9층 방에 올라가 암막 커튼을 열어젖히자 저 아래 묘지가 보였다. 회색 묘비가 빽빽이 들어찬 작은 묘지였다. 호텔이 자리한 골목에는 묘지를 품은 절과 숙박업소들과 카페가 비슷한 비율로 섞여 있었다. 호텔 바로 옆에도 절이 있었는데 호텔 방에서 묘지가 내려다보일 줄은 몰랐다. 산 자들의 세계와 망자들의 세계가 자연스럽게 포개진 도시였다. 어쩌면 호텔 입구에 피워놓은 향은 투숙객들만을 위한 게 아닐지도 몰랐다.

호텔에 예약해둔 저녁 식사까지 한 시간 정도 남았는데, 외출하기엔 애매한 시간이라 꼭대기 층의 온천탕부터 다녀오기로 했다. 옷장에 비치된 유카타로 갈아입고 수건을 챙기는데 초인종이 울렸다. 방문에 외시경이 따로 없어 큰 소리로 누구냐고 영어로 물었더니 뜻밖에 한국어가 들려왔다.

손님입니다.

조심스럽게 문을 열었더니 큼직한 나팔꽃 무늬 유카타를 입은 백발의 노부인이 서 있었다. 부인은 묘하게 낯이 익으면서 기이하게 낯선 인상이었다. 어느 일본 영화에서 사랑하는 맏아들을 사고로 잃고 둘째 아들과 조용히 불화 중인 엄마 역의 배우와도 닮았고, 어떤 일본 드라마에서 재혼한 남편과의 사이에서 얻은 딸을 지극히 사랑해 전남편 곁에 두고 온 첫째 딸을 외면하는 엄마 역 배우와도 비슷했다. 사실 두 배우는 주로 맡아온 캐릭터도 풍기는 인상도 달랐는데, 왜 문 앞에서 빙그레 웃고 있는 노부인을 보고 두 배우를 동시에 떠올렸는지는 모르겠다. 그때 부인이 한국어로 말했다.

그만 갈까요?

투숙객을 온천 탕까지 안내하는 직원인가 보다, 생각하며 부인을 따라갔다. 그런데 호텔에서 내가 지금 온천 탕에 가려고 준비 중인 걸 어떻게 알았지? 나도 모르는 사이 안내 서비스를 신청했던가? 체크인 때 데스크 직원과 의사소통이 잘 안 되기는 했다. 주로 영어로 대화했는데 그가 사용하는 영어와 내 영어는 같은 언어라고 할 수 없을 만큼 달랐다. 부인은 발소리도 내지 않고 복도를 걸어갔는데 종종걸음 같으면서도 바닥 위를 미끄러지듯 나아가는 걸음걸이가 독특했다.

보폭은 아주 좁은데 상체를 거의 움직이지 않아서 그런 것 같았다. 부인이 엘리베이터 앞에 도착하자 기다렸다는 듯 문이 열렸다. 먼저 안으로 들어간 부인은 내가 탈 때까지 가만히 기다리고 있다가 엘리베이터 문이 닫히고 나서야 천천히 12층 버튼을 눌렀다. 이 나라 사람들은 어디서든 서두르는 법이 없군. 버스든 엘리베이터든 나만 못 타면 어떡하나 하는 불안이 없나 봐. 이렇게 생각하는데, 부인이 내 마음을 읽은 듯 말했다.

가려고 하면 가게 됩니다.

온천 탕은 아담했다. 탈의실에 로커가 따로 없어 비치된 대바구니에 옷을 벗어 두어야 했다. 부인은 탈의실까지 따라와 내가 옷을 벗어 대바구니에 담고 수건만 챙겨 목욕탕으로 들어가는 모습을 말없이 지켜보았다. 거참, 민망한 서비스였다.

저녁 식사 시간 직전이라 그런지 목욕탕에 사람은 나밖에 없었다. 평소 버릇대로 가장 구석진 자리에 앉아 머리부터 감고 몸에 비누칠을 했다. 등만 남았을 때 김 서린 유리문이 열리며 부인이 들어왔다. 부인은 유카타 차림 그대로였다. 내가 놀란 눈으로 쳐다보자 부인이 손에서 수건을 가져가 내 등을 닦기 시작했다. 말릴 틈도 없이 벌어진 일이었는데 등에 느껴지는 시원함이 너무 커서 처음의 민망함이 점점 사그라졌다. 부인은 귀 뒤쪽부터 어깨와 날갯죽지를 거쳐 꼬리뼈 바로 위까지 꼼꼼하게 비누칠했다. 그러고는 오른손으로 샤워기를 들고 왼손으로 내 등을 문지르며 비눗물을 헹구기 시작했다. 등 곳곳에 닿는 부인의 손바닥이 서늘했다. 그 시원한 느낌을 오래 감각하고 싶은 마음과 젊은이가 노인에게 신세 지고 있다는 죄책감이 싸웠다. 집요할 만큼 열심히 등을 닦던 부인이 다 됐다는 신호로 내 등을 가볍게 한번 토닥이더니 샤워기를 제자리에 돌려놓으며 말했다.

혼자서는 할 수 없는 일이 있지요.

부인이 탈의실로 돌아가는 걸 보고 탕에 들어갔다. 물은 예상대로 뜨거웠고 예상 밖으로 미끌미끌했다. 코끝에 유황 냄새가 어른거렸다. 벽에 안내문이 붙어 있었는데 무슨 말인지 알 수 없었지만 곁들인 그림으로 추측하자면 바닥이 미끄러우니 조심하라는 것과 이 온천물로 씻으면 예뻐진다는 말로 보였다. 다시 보니 글자 중에 아름다울 미 자와 사람 인 자가 도드라졌다. 온천욕이 피부와 건강에 좋다는 말은 그럭저럭 수긍할 만했지만 한 번 씻었다고 미인이 된다는 말은 좀 과대포장 아닌가, 이렇게 생각하는 사이 이마에서 땀이 줄줄 흘러내렸다.

잠시 후 노천탕으로 나갔다. 작은 베란다 같은 그곳에는 가장자리에 돌을 쌓은 초승달 모양 탕과 도자기로 만든 1인용 탕이 있었다. 한여름이었지만 뜨거운 물에 들어가 있다가 실외로 나왔더니 한기가 끼쳐 왔다. 뜻밖에도 초승달 모양 탕에 사람이 있었다. 몸집이 왜소하고 백발이라는 걸 빼면 누군지 알 수 없게 벽면을 향해 돌아앉아 있었다. 백발 때문에 노인인가 했지만 앉은 자세가 꼿꼿하고 물 밖에 드러난 어깨와 등의 피부가 매끄러운 걸 보면 나보다 훨씬 젊은 사람일 수도 있었다. 얼굴이 보이지는 않았지만 어쩐지 그 사람은 눈을 감고 명상하거나 물속에서 요가 중일 것만 같았다. 나는 방해가 되기 싫어 1인용 탕으로 들어갔다. 도자기 탕은 그 모양이 찻잔이나 밥공기 같았는데 그 안에 오도카니 앉아 있으려니 누군가의 녹차나 밥이 되어 먹히길 기다리는 기분이 들었다.

탈의실로 돌아갔을 때 노부인은 화장대 앞에 꼿꼿한 자세로 앉아 눈을 감고 있었다. 바로 옆에서 대형 선풍기가 돌아가고 있었다. 놀랍게도 선풍기 바람에 부인의 옷 앞섶이 펄럭펄럭 나부끼는데 곱게 빗어 올린 백발은 한 가닥도 흔들리지 않았다. 머리카락마저 꼿꼿한 사람이었다. 바구니에 두었던 옷을 꿰어 입고 화장대 위에 있는 헤어드라이어를 집어 들자 부인이

여름 손님입니까

눈을 떴다. 그러곤 말릴 틈도 없이 내 손에서 드라이어를 가져가 내 머리를 말리기 시작했다. 도대체 나는 나도 모르는 사이 무슨 서비스를 신청한 걸까? 이번에는 편하다, 시원하다는 느낌보다 젊은이가 제 머리 하나 못 말려서 노인의 도움을 받는다는 부끄러움이 훨씬 더 강렬했는데, 요란한 드라이어 소리 사이로 부인의 말이 띄엄띄엄 들려왔다.

혼자. 있는. 도. 둘. 면. 지요.

혼자 할 수 있는 일이라도 둘이 하면 어쨌다는 말일까? 둘이 하면 편하지요? 둘이 하면 빠르지요? 둘이 하면 이상하지요? 둘이 해서 미안하지요?

드라이어를 제자리에 돌려놓은 부인이 화장대에 비치된 로션을 손바닥에 대고 짜더니 내 얼굴에 발라주기 시작했다. 발그레하게 달아오른 얼굴이 부인의 서늘한 손바닥을 만나 진정되는 느낌이 들었다. 로션에서 산뜻한 여름 과일 향이 풍겼다. 부인이 코언저리와 눈 밑을 한 번 더 꼼꼼하게 매만지더니 다 됐다는 듯 내 양쪽 뺨을 톡톡 두드렸다. 나도 모르게 질끈 눈을 감았다. 눈꺼풀 안쪽에 수십 년 전 엄마랑 언니와 함께 대중목욕탕에 갔을 때의 풍경이 맺혔다. 어린 내 몸에 너무 뜨거웠던 열탕의 온도와 숨이 턱턱 막혔던 공기, 그리고 온갖 세제 향기 아래 묵직하게 깔린 물비린내까지. 늘 피로해 보였던 엄마의 처진 어깨와 그런 엄마의 등을 꼼꼼하게 닦아주느라 정작 자신은 맨 마지막에 씻었던 언니의 새하얀 살결도 생각났다. 뜻밖의 기억에 뒷덜미를 채일까 두려워 얼른 눈을 떴다. 부인의 얼굴이 눈앞에 바짝 다가와 있었다. 거기 혼자 탈의실에서 나와 제 손으로 로션을 발라보다가 온 얼굴이 허옇게 번들거렸던 여섯 살 여자 아이가 눈부처로 맺혀 있었다.

∞

조식은 세 가지 중 하나를 골라야 했다. 메뉴판에 구운 생선과 밥과 된장국, 약간의 회가 나오는 오차즈케, 그리고 토스트와 달걀, 햄, 샐러드로 이루어진 양식 메뉴 사진이 나란히 보였다. 3박 4일 숙박이었으므로 하루에 하나씩 먹으면 되겠다 싶었지만, 어떤 것부터 먹을지 결정하기까지 애를 먹었다. 메뉴판을 심하다 싶을 만큼 오래 들여다보고 있는 내가 짜증스러웠을 수도 있지만 식당 직원은 전혀 감정을 드러내지 않는 얼굴로 내 옆에 가만히 서 있었다. 나는 메뉴판을 뚫을 기세로 바라보다가 마침내 오차즈케 사진을 가리켰고 직원이 알겠다고 응대하자마자 다시 아니, 아니, 고개

여름 손님입니까

를 저으며 구운 생선과 밥과 된장국 사진을 가리키고 디스 원 플리즈라고 말했다. 직원은 표정 하나 바꾸지 않고 다시 알겠다고 대답하며 고개를 살짝 숙여 인사하고 주방 쪽으로 돌아갔다.

사소한 일로 타인을 피곤하게 만들었다는 죄책감, 하지만 여행지 호텔 조식 메뉴를 선택하는 게 정말로 사소한 일인가 하는 의문이 두서없이 떠오르자 시끄러운 속을 들키고 싶지 않아 괜히 검지로 테이블을 톡톡 두드리며 여유 있는 척 주위를 둘러보았다. 식당 통유리 창 너머가 온실처럼 꾸며져 있었다. 이름을 알 수 없는 활엽수 아래 중간 키의 관목들이 있고 그 아래 작은 풀과 꽃이 옹기종기 자라고 있었다. 지붕이 있는 곳에서 자라는 식물들은 한여름 야외에서 진한 녹색으로 자라는 식물들에 비해 빛깔이 좀더 연하고 보드라워 보였다. 보살핌받는 존재의 보드라움을 생각하자 명치가 찌르르 울리며 숨쉬기가 살짝 버거워졌지만, 식물을 정성껏 돌보는 사람은 음식도 깔끔하고 맛있게 살 만든다는 평소 선입견 쪽으로 생각의 방향을 틀었다. 낯선 동네에서 식당을 찾아갈 때도 가게 앞 좁은 턱에나마 잘 가꾼 화분을 촘촘히 늘어놓은 곳을 발견하면 무조건 들어갔다. 그러므로 보드라우면서도 생생한 녹색을 뿜어내는 베란다를 보면 오늘의 조식은 백 퍼센트 성공일 것이다. 그때 주문을 받았던 직원이 난감한 표정을 짓고 다가왔다. 그가 사과로 들릴 수도 해명으로 들릴 수도 있는 말을 건넸는데, 제대로 알아들을 수가 없어서 휴대폰을 꺼내 번역기 앱을 켰다. 나는 번역기 앱의 마이크 그림을 누르며 여기에 대고 다시 말해달라고 몸짓했다. 직원은 잠시 흠칫하는 기색이더니 곧 내 휴대폰을 향해 상체를 숙이고 무슨 말을 했다. 인공지능이 남자 대신 말했다.

죄송합니다. 물고기가 없다. 다시 주문을 부탁하지만 나는 수치스럽게 죽는다.

나는 이렇게 사소한 일로 친절한 직원이 죽음을 선택할까 두려워 얼른 메뉴판을 집어들었다. 오차즈케 쪽을 고르려다가 생각해보니 이 메뉴에도 생선회가 있으므로 이걸 주문하면 직원은 또 한 차례 물고기 없음을 수치스러워할 것이다. 결국 메뉴판의 세번째 사진인 양식 메뉴를 골랐다. 직원이 생명의 은인에게나 할 법한 지나치게 정중한 인사를 건네고 주방으로 돌아갔다. 직원이 돌아가고 식당 안에 나 혼자 남자(아무래도 이 호텔 조식은 내 예측과 달리 영 인기가 없는 모양이었다) 급격히 쓸쓸해졌다. 나는 좀더 매끄러운 통번역을 위해 번역기 앱을 바꿔야 하나, 생각했다가 창밖의 식물을 쳐다보며 여름이구나, 했다가 한여름

여름 손님입니까

이면 이곳은 비수기인가, 생각했다. 그렇지. 한여름에 누가 이렇게 덥고 습한 곳에 오겠어. 온천 탕에도 식당에도 손님이 나뿐인 게 당연하고 손님이 나뿐이니 물고기가 없는 것도 당연했다. 그러자 푹푹 찌는 한여름 섬나라에 와서 아무도 찾지 않아 준비도 되어 있지 않은 물고기를 꼭 집어 주문한 내가 너무 한심했다. 나는 한심한 손님. 한심하기 짝이 없는 여름 손님.

오뉴월 손님은 호랑이보다 무섭단다.

엄마는 이렇게 말했다. 내 한 몸 건사하기도 힘든 이 한여름에 호랑이보다 무서운 여름 손님으로 초대를 받았다고. 하지만 당신은 호랑이보다 무서운 손님이 되어 폐를 끼치고 싶지 않으니 내가 대신 여름 손님이 되어주어야겠다고. 엄마의 말은 부탁이 아니었다. 엄마의 지붕 밑에서 자란 내게 엄마의 말은 전부 외면할 수 없는 보드라운 명령이자 색이 연한 협박이었다. 영란 언니가 자기 딸 결혼식에 엄마를 초대했다. 이 한마디만 듣고도 나는 너무 놀라 어떤 대답도 할 수가 없었다. 언니는 30년도 더 전에 스무 살이 되자마자 엄마를 버리고 일본으로 떠났고 그 후 소식 한 줄 보내오지 않았다. 그런데 일본 어디에서 어떻게 사는지 알 수 없었던 언니가 불쑥 자신의 딸 결혼식에 엄마를 초대했다는 것이다. 언니가 결혼을 했는지 어떤지도 모르는

데 언제 낳아 키웠는지 당연히 모를 딸이 벌써 결혼한다고? 언니는 30년이라는 단절의 세월을 가볍게 무시하고 천연덕스럽게 엄마를 초대했다. 그런데 더 놀라운 점은 언니가 떠난 후 세상을 다 잃은 듯(단순한 관용 표현이 아니다) 절망했던 엄마까지 언제 그런 일이 있었냐는 듯 감쪽같은 얼굴로 한여름에 열리는 남의 잔치에 나더러 대신 가줘야겠다고 말한 것이다. 엄마는 30년 전 언니의 돌연했던 일방적 절연이나 그사이 연락 한 번 없었던 무심함은 다 잊었고 오직 더운 계절에 손님이 되는 처지만이 호랑이보다 무섭고 끔찍한 일이라는 듯 굴었다. 언니도 엄마도 이해할 수 없는 이상한 사람들이었다. 결국 내가 거길 왜 가느냐고 고래고래 소리를 지르다 전화를 끊어버렸다. 그런데 이틀 후 엄마가 다시 전화를 걸어 한껏 기가 죽은 목소리로 여행 비용도 축의금도 넉넉히 챙겨 줄 테니 제발 엄마 대신 결혼식에 다녀와달라고 진심 어린(그렇게 들렸다) 부탁을 해오자 내 마음도 달라지기 시작했다. 엄마가 정말로 원하는 게 뭘까? 호랑이보다 무서운 여름 손님이 되는 것 말고 진짜 무서운 게 뭐지? 칠순이 넘은 엄마에겐 아무리 옆 나라라고 해도 정말로 비행기까지 타고 외국에 갈 체력이 없는지도 모른다. 아니면 엄마는 30년 전 자신에게 큰 상처를 입힌 언니를 아직 용서하지 않았을지도 모른다. 엄마는 대신 나를 보내 언니에게 자신의 마음속 앙금을 은근히 내비칠 속셈이다. 그렇지 않고서야 여덟 살에 헤어져 현재의 언니를 알아볼 수 있을지 자신할 수 없고 나눌 대화도 풀어야 할 묵은 감정도 없는 내게 30년 만의 해후를 떠넘기는 게 말이 되느냐 말이다. 제 손으로 야멸치게 연을 끊어놓고 천연덕스럽게 가족의 결혼식 초대장을 보낸 언니나 언니와의 복잡한 감정을 내게 떠넘기는 엄마나 모두 이해가 되지 않았다. 엄마는 비겁하다. 언니도 비겁하다. 두 사람은 내게 늘 비겁했다.

　우리 공주가 참아. 언니는 손님이잖아!
　아빠는 숨이 넘어가게 우는 나를 안고 이렇게 속삭였다. 울음 끝에 딸꾹질이 찾아와 목이 조여들게 아팠고 머리도 지끈거렸다. 무엇 때문에 그렇게 울었는지는 기억나지 않는다. 다만 언니에게 화가 났고 내 편을 들어주지 않는 엄마에게 또 화가 나서 곱절로 서러웠다. 엄마는 늘 나보다 언니 편을 들었지만, 언니는 언제나 내 편이었다. 그랬는데, 그날은 무슨 일이었는지 언니가 내 편을 들어주지 않았던 것 같다. 마루에 드러누워 발버둥까지 치며 꼴사납게 악을 쓰며 우는데 엄마도 언니도 모른 척했다. 얼마 후 퇴근한 아빠가 사태를 파악하곤 나를 덥석 안아 안방으로 데려갔다. 아빠는 흐느끼는 나를 안고 엉덩이를 토닥이며 달래주었다. 딸꾹질이 멈추지 않았다. 숨쉬기가 힘들었다. 목이 아팠다. 그 와중에도 나는 엄마가 아닌 언니를 향해 저주의 말을 퍼부었다. 언니는 마귀할멈이라고. 언니는 계모라고. 언니는 돼지 새끼라고. 여섯 살에 배운 극악무도한 말들을 전부 언니에게 쏟아부었다. 그때 아빠가 속삭였다. 언니는 손님이라고. 손님이니까 공주인 내가 참아주어야 한다고. 겨우 여섯 살이었지만 그동안 삐죽이 고개를 쳐들었던 크고 작은 의문들이 일제히 풀리는 느낌이 들었다. 미묘하게 짝이 맞지 않았던 조각들이 순식간에 정렬하며 꼴을 이루었다. 언니는 손님이었다! 그 말은 이렇게도 해석할 수 있었다. 언니는 남이었다! 엄마에겐 눈에 넣어도 아프지 않은 첫정, 첫사랑, 첫딸이었던 언니가! 언제나 내 편을 들어주고 나를 세상에서 가장 사랑한다는 확신을 주었지만 엄마의 애정 때문에 어린 내 마음에 감당하기 버거운 질투심을 피워 올렸던 언니가! 나는 너무 놀라 딸꾹질도 멈추었다. 비밀이 풀렸다. 부주의한 아빠의 입을 통해 새어 나온 진실이 나를 덥석 끌어안고 아득한 곳으로 흘러갔다.

하 씨는 하 씨끼리, 양 씨는 양 씨끼리!

여름 손님입니까

엄마는 음식을 나눠 먹어야 할 때도, 기차나 버스 좌석에 나눠 앉아야 할 때도 이렇게 말했었다. 우리 네식구는 프라이드치킨은 하 씨끼리 먹고 양념치킨은양 씨끼리 먹었다. 기차를 타고 나들이를 갈 때도 하씨끼리 앉고 양 씨끼리 앉았다. 아빠와 함께 하 씨였던나는 다정하게 이마를 마주하고 삶은 달걀을 나눠 먹는 통로 건너편의 두 양 씨를 흘낏거렸다. '하 씨는 하씨끼리 양 씨는 양 씨끼리'의 율법에 익숙했던 나는 다른 집도 엄마 성과 아빠 성을 골라 가질 수 있는 줄 알았다. 첫째 딸인 영란 언니는 엄마의 성을 따라 양영란이 되었고 둘째 딸인 나는 아빠의 성을 따라 하민지가 되었다고. 성이 같으면 유난히 친한 것도 당연해 엄마와 언니가 짬뽕 그릇을 가운데 두고 사이좋게 매운면발을 후루룩 빨아올리는 모습을 나는 속수무책으로바라만 보았고 그런 날에는 아빠가 숟가락에 올려 먹여주는 짜장면이 조금도 맛이 없었다. 내 질투심이나소외감이 복잡했던 건 나를 향한 언니의 애정 때문이었을 것이다. 어른들의 말에 따르면 내가 처음으로 '엄마'라고 부른 대상은 엄마가 아니라 언니였다. 나보다열두 살 많은 띠동갑 언니는 내게 최초의 숭배 대상이었다. 그러니 다정하게 이마를 포갠 엄마와 언니를 보았을 때 뱃속 깊은 곳에서 부글거렸던 나의 불쾌감은 엄마 때문인지 언니 때문인지 구분하기가 어려웠다. 내가 엄마를 사이에 두고 언니와 경쟁하고 있는지 아니면 언니를 사이에 두고 엄마와 경쟁하고 있는지 명확하게 꼭 집어 말할 수도 없었다. 내가 기억하는 최초의 언니는 감색 세일러복을 입고 마당에 내놓은 고리버들 의자에 앉아 문고본을 읽는 모습이다. 마루에 앉은 내가 장난감 인형을 가지고 놀다가 마당에 휙 내던지면 언니는 책을 내려놓고 얼른 일어나 인형을 주워주었다. 그 반사적인 행동이 어느 장난보다 재미가 있어 나는 계속 인형을 마당에 던지며 언니의 반응을 기다렸다. 그 기억에 엄마나 아빠는 등장하지 않는다. 다만 인형을 주워 건넬 때마다 내 쪽을 가볍게 흘기는 언니의 반달 모양 눈이, 언니의 가슴 위에서 조용히 흔들리던 세일러 칼라가, 엄마가 늘 '참머리'라고 칭찬했던 언니의 단발머리가 내 쪽으로 확 쏠리던 순간이 내 안 어딘가에 선명하게 각인되어 있다.

영란 언니가 엄마가 낳은 딸이 아니라 엄마가 '달고 시집온' 조카라는 사실은 알게 된 건 좀더 시간이 흐른 뒤였다. 아이들에게도 귀가 있다는 사실을 잊곤 하는 어른들이 함부로 뱉은 말의 조각들을 하나씩 주워 모아 어렵사리 완성한 정보였다. 영란 언니는 엄마의 오빠였다는 사람의 딸이었다. 내게 외삼촌일 그 사람은 집안의 기둥으로 일본에 유학을 떠났다가 현지에서 사랑하는 여자를 만났고 학위를 따자마자 그 여자와 함께 귀국해 가정을 꾸렸다. 그런데 영란 언니가 태어나고 몇 달 안 돼 외삼촌은 재일 유학생 간첩단 사건에 연루되어 구속되었고 감옥 안에서 알 수 없는 연유로 죽었다. 누구는 고문 가능성을 이야기했고 누구는 억울한 마음이 지극하면 사람을 속부터 태워 죽인다는 무시무시한 말을 입에 올렸다. 외삼촌이 죽고 난 후 소식을 듣고 찾아온 외숙모의 가족은 타지에서 졸지에 남편을 잃고 얼빠진 채 지내는 외숙모만 일본으로 데려갔다. 부모를 잃은 영란 언니는 당시 막 여고를 졸업한 스무 살 엄마와 단둘이 남겨졌다. 집안 재산은 외삼촌의 유학 뒷바라지 때부터 야금야금 사라지기 시작해 영란 언니와 엄마만 남았을 때는 거의 다 거덜이 난 상태였다. 엄마는 집을 포함해 남은 자투리 전답을 정리하고 가까운 도시로 나왔다. 그곳에서 단칸방 딸린 작은 가게를 얻어 아기였던 언니를 옆에 눕혀 놓고 옷을 팔았다. 엄마의 가게는 요즘 말로 편집 숍이라고 할 만한 곳이었고 여성복과 남성복을 같이 취급하면서 엄마가 직접 수놓은 손수건이나 뜨개질로 만든 모자와 가방 등을 곁들여 팔아 단기간에 충성도 높은 단골들을 확보했다. 그중 가장 충실한 단골은 젊은 날의 아빠였다. 엄마의 가게는 도청 뒤쪽의 오래된 상점가에 있었는데, 상고를 졸업하고 곧바로 공무원이 된 아빠는 엄마의 가게에서 계절마다 흰색 와이셔츠와 넥타이를 새로 샀고 환절기에는 쓰지도 않을 손수건을 샀다. 엄마가 수놓은 꽃무늬 손수건이 수십 장 쌓여 더는 서랍에 넣어둘 수 없게 되었을 때 아빠는 엄마에게 청혼했다. 그때 언니는 벌써 열 살이 되어 초등학교에 다니고 있었다. 아빠보다 세 살 많은 엄마는 다시는 셔츠도 손수건도 팔지 않을 테니 앞으로 가게에 오지 말라는 말로 아빠의 청혼을 거절했다. 하지만 아빠는 식음을 전폐하고 누워 식구들의 애간장을 태웠고 결국 아빠를 목숨보다 사랑했던 할머니가 직접 엄마를 찾아가 제발 당신의 아들을 거두어달라고 사정하기에 이르렀다. 엄마는 열 살 영란 언니를 앞세우고 이 아이를 친손녀처럼 대할 수 있겠냐고 할머니에게 물었다. 할머니는 뭐든 시키는 대로 하겠다며 고개를 끄덕였다. 참으로 이상한 거래이자 협상이었지만 어쨌든 아빠와 엄마는 결혼했다. 당시 결혼식 사진에는 엄마가 직접 만든 드레스를 입고 머리에 인조 함박꽃을 꽂은 단발머리 언니가 찍혀 있고 그 바로 옆에서 울상을 짓고 있는 할머니도 보인다. 아빠는 득의양양한 함박웃음을 짓고 있는데 엄마의 표정은 어떤 감정도 보여주지 않

여름 손님입니까

는다. 신부 측 하객들은 아마도 상점가 사람들인 것 같고 신랑 측 하객들은 거의 친척이다. 아빠의 누나인 고모들은 하나같이 표정이 좋지 않다. 그 사진을 볼 때마다 내 마음이 이상해지는 건 평소 엄마를 좋아하지 않아 나의 미움을 샀던 고모들과 지금의 내 얼굴이 너무나 비슷한데, 내가 깊이 사랑하고 욕망했던 언니와 엄마는 나를 따돌리고 두 사람만 똑 닮아 있기 때문이다. 오래된 그 사진을 보고 있으면 저주와도 같은 엄마의 말이 자연스럽게 떠오른다. 하 씨는 하 씨끼리, 양 씨는 양 씨끼리!

어른들은 간혹 조심성 없이 굴었지만 어쨌든 결혼 전 엄마와의 약속을 적절히 지켰고 덕분에 나는 영란 언니와 내가 성이 다름에도 둘이 친자매라는 사실을 조금도 의심하지 않았다. 할머니와 고모 들은 영란 언니를 살갑게 대하지는 않았지만, 눈에 띄게 차별하지도 않았다. 언니와 내가 나이 차가 많이 나서 어른들이 나는 인형처럼 공주처럼 예뻐하면서 언니는 데면데면하게 내하는 게 이상해 보이지 않았을 수도 있다. 어쩌면 다정하고 싹싹한 언니의 성격이 늦게 만난 친척들의 마음을 끌어당겼을 수도 있다. 언니는 그런 사람이었다. 주변 사람을 자연스럽게 제 쪽으로 끌어들이고 편안하게 보살피는 사람. 언니와 함께 있으면 나는 늘 편하고 안전했다. 언니는 나의 지붕이었다. 그랬던 언니가 스무 살이 되자마자 일본으로 가겠다고 선언했을 때 엄마가 느꼈을 상처와 배신감을 나는 짐작조차할 수 없다. 언니는 뒤도 돌아보지 않고 갔다. 그사이어떻게 일본행을 준비했는지, 일본의 어디로 간다는말인지 알 수도 없었다. 아빠와 친척들은 이제 와서 생모를 찾아간 게 아니겠냐고, 그래서 머리 검은 짐승은거두는 게 아니라고 수군댔지만, 엄마는 가족들 앞에서 다시는 언니 이야기를 꺼내지 않았다. 그러나 무너지는 마음까지 완전히 숨길 수는 없었는지 언니가 떠나고 한동안 엄마는 빈방에서 혼자 흐느껴 우는 모습을 자주 들켰다. 돌이켜보면 언니가 떠난 후 엄마는 딸하나를 잃었고 나는 두 엄마를 잃었다. 여덟 살부터 나는 심정적으로 엄마 없는 딸이 되어 혼자 자랐다.

∞

언니는 여관 주인이 되었다고 했다. 언니가 또래의일본인 여성과 공동으로 운영한다는 여관은 오래된전통 가옥을 개조한 것으로 예스러움과 현대성이 독특하게 섞인 곳이라고 했다. 전철역에서 좀 떨어져 있는 게 흠이었지만 깔끔한 실내장식과 여관에서 내는 현대식 조식과 전통식 석식이 훌륭해 그 정도의 불편은 얼마든지 감수할 수 있다고도 했다. 특히 여관 주인이 한국어가 유창해 한국인 관광객들에게 인기가 많았다. 전부 언니가 보내온 결혼식 초대장에 있는 여관 이름을 검색해 알아낸 정보들이었다. 언니의 여관은 일본어보다 한국어로 검색했을 때 검색 결과가 훨씬 더 많이 나올 만큼 한국인들에게 이미 유명한 곳이었다. 특히 젊은 여성들이 SNS에 올린 사진이 많았다. 관광객들이 올린 사진에 언니의 모습은 거의 보이지 않았고, 있다고 해도 얼굴을 드러내지 않은 채 손님의 식사 시중을 드는 손이나 손님 곁을 바쁘게 지나가는 발로만 존재했다. 사실 그 손이나 발이 언니의 것이라고 확신할 증거는 없었다. 한국어가 유창한 중년의 여관 주인이 반드시 언니라는 법도 없었다. 관광객들은 여관 주인의 한국어가 유창하다고 했지 한국인이라고 하지는 않았으니까. 내가 직접 만나 확인하는 방법밖에 없겠지만 30년도 더 전인 내 나이 여덟 살에 헤어진 형편에 중년이 된 언니를 정확히 알아볼 자신은 없었다.

엄마는 정말로 넉넉한 축의금과 여행 비용을 보내주었다. 내가 화를 냈던 게 마음에 걸렸는지 결혼식에는 얼굴만 비추고 간 김에 맛있는 것도 먹고 좋은 데도 구경하고 오라고 했다. 엄마는 숙제하기 싫다고 떼쓰는 막내딸을 살살 구슬리듯 나를 대하고 있었다. 어쩐지 기시감이 느껴지는 수법이었는데, 나조차 기억하지 못하는 어린 시절, 정말로 떼를 쓰는 나를 엄마나 언니가 이렇게 달랬을지도 모를 일이었다. 엄마도 언니도 나를 하나의 완성된 인격체로 대하기보다 어딘가 부족한 어린애로만 취급했다는 생각이 들자 일본행이 더 싫어졌지만, 나는 앙갚음하는 심정으로 비싼 항공권을 끊고 비싼 호텔을 예약했다. 일본에서도 몹시 귀해 일찍부터 줄을 서야 겨우 살 수 있다는 고급 화과자나 차를 사다 엄마 품에 안기겠다는 다짐도 했다. 엄마가 좋아하는 것들을 잔뜩 사다 안겨 늦둥이 딸의 소중함을 느끼게 하리라고. 문화센터나 노인 대학 친구들에게 자랑거리를 만들어주겠다고. 엄마에게 또 다른 딸이 있었다는 사실을 그들이 영영 모르게 하리라고. 이번 나의 일본행이 언니와 전혀 상관없이 오로지 엄마와 나만의 일이 되게 하겠다고. 나는 언니에게 시위하듯 내 몫의 축의금 봉투도 따로 만들어 왔다. 언니가 사라졌어도 엄마에겐 이렇게 든든한 딸이 남았다고, 그 애가 어디 내놔도 부끄럽지 않은 버젓한 딸로 자랐다고 언니에게 똑똑히 보여줄 것이다.

결혼식 당일은 조식을 포기하고 늦게까지 잤다. 물

고기가 없는 양식 메뉴는 더 이상 먹고 싶지 않았고 결혼식 피로연에서 언니가 내놓을 음식이 궁금해 미리 배를 비워놓고 싶기도 했다. 또 최대한 부기 없이 갸름한 얼굴로 언니를 만나고 싶었다. 엄마를 쏙 빼닮았던 언니는 아름다운 중년이 되어 있을 것이다. 아빠의 판박이인 나는 내가 그토록 미워했던 예전의 쌀쌀맞은 고모들과 점점 비슷해지고 있었으므로 그 어느 때보다 신경을 쓴 모습으로 언니와 대면해야 했다. 늦게 일어나 냉동실에 넣어둔 생수병을 꺼내 수건으로 둘둘 말아 눈두덩 위에 올렸다. 그 상태로 침대에 누워 팔다리를 천장 쪽으로 바짝 치켜들고 덜덜 털었다. 그렇게 하면 혈액순환이 빨라지면서 부기가 잘 빠진다고 했다. 언니의 초대장에 따르면 결혼식장은 내가 묵는 호텔에서 대중교통으로 한 시간 거리에 있었다. 그 말은 부기를 빼고 화장하고 옷을 갖춰 입을 시간이 한 시간 남았다는 뜻이었다. 팔다리를 흔드는 속도가 저절로 빨라졌다. 누가 보면 접신 직전의 영매라고 할 것이다. 숨이 가빴다. 종아리가 뻐근했다. 조금만 더 참아! 조금만 더! 절박하게 팔다리를 흔드는데 호텔 방 초인종이 울렸다.

문간에는 감색 세일러복을 입은 여학생이 서 있었다. 고등학교 1학년이나 중학교 3학년쯤 되었을까? 일본 학원물에서 많이 본 인상의 소녀였다. 있지도 않은 첫사랑의 그림자를 떠올리는 청순한 소녀 말고 조용히 걸어가다가도 좋아하는 사람을 발견하면 큰 소리로 사랑을 고백하는 거침없고 씩씩한 소녀 말이다. 그런데 이런 소녀가 왜 나를 찾아온 거지? 누구냐고 조심스럽게 영어로 묻자 학생이 한국어로 대답했다.

손님입니다.

첫날 찾아온 노부인도 똑같이 대답했었다. 그렇다면 이 학생 역시 나도 모르게 신청해버린 어떤 서비스 때문에 온 걸까? 이렇게 어린 학생이?

안내를 맡았습니다.

내 마음을 읽은 듯 학생이 덧붙였다. 나는 혹시나 하는 생각에 학생의 얼굴에서 영란 언니와 닮은 구석을 찾아보았다. 하지만 영란 언니가 내가 묵는 호텔을 알 리가 없었다. 언니와 엄마가 나 몰래 연락을 주고받고 있을지 몰라도 엄마 역시 내가 어느 호텔에 묵는지, 심지어 언제 일본으로 출발했는지도 몰랐다. 게다가 학생은 내가 기억하는 영란 언니와 전혀 닮지 않았다. 짧은 커트 머리와 주근깨가 촘촘히 박힌 그은 얼굴, 뼈대가 굵은 몸집 등은 영란 언니보다 차라리 나와 더 비슷했다. 나는 화장대 위에 올려놓은 언니의 결혼식 초대장을 가져와 학생에게 보여주며 이곳까지 안내를 해

줄 거냐고 물었다. 학생은 말없이 고개를 힘껏 끄덕였다. 어떻게 된 일인지 도무지 알 수 없었지만 언니보다 나를 더 닮은 씩씩한 학생을 믿고 따라가보기로 했다. 게다가 학생은 한국어도 유창하게 하고 있지 않은가.

학생은 내가 단장을 마칠 때까지 엘리베이터 앞에서 기다려주었다. 나는 학생과 함께 호텔 로비 층으로 내려갔다. 출입문을 열고 호텔 밖으로 나가는데 학생이 소용돌이 모양으로 피어오르는 향 연기를 흡입 하고 들이켰다가 기침을 했다. 그 모습이 귀여워 나도 모르게 '엄마 미소'를 지었다. 학생은 이쪽이다, 저쪽이다, 일일이 말하지 않고 그저 몇 걸음 앞장서 걷는 식으로 안내했다. 나는 학생을 놓칠까 봐 학생의 어깨를 덮은 넓적한 세일러 칼라의 흰색 테두리에 시선을 고정하고 따라갔다. 학생은 키가 나보다 훌쩍 크지도 않고 다리가 유난히 길지도 않았는데 보폭이 넓었다. 학생은 절과 호텔과 카페가 비슷한 비율로 섞인 골목을 빠져나와 대로변으로 들어섰다. 거리에는 자동차도 사람도 많았다. 대로를 따라 한참 긷던 학생이 어느 골목으로 꺾어 들어갔다. 내가 묵는 호텔 골목과 비슷하게 카페와 절과 호텔이 비슷한 비율로 섞여 있었다. 어느 절 앞을 지나가는데 둥둥둥둥 북소리가 들렸다. 어느 카페 앞에는 한국인과 중국인으로 보이는 관광객들이 긴 줄을 서서 기다리고 있었다. 카페 안쪽에서 원두 볶는 냄새가 진하게 풍겼다. 오늘은 커피를 아직 마시지 않았다는 생각이 들자 입안에 침이 고였다. 그러는 사이 학생과의 거리가 확 벌어졌다. 나는 뛰다시피 해 학생을 따라잡았다. 어느새 골목이 끝나고 또 다른 대로가 나왔다. 오전이었지만 벌써 날이 뜨겁게 더웠고 이마와 목덜미에서 땀이 줄줄 흘러내렸다. 이런 상태라면 공들여 화장한 보람도 없겠다 싶어 학생에게 택시를 타고 가면 어떨까요, 물었지만 학생은 내 말을 전혀 못 알아들은 사람처럼 앞만 보고 계속 걸었다. 첫날의 노부인도 이 학생도 참 일방적으로 친절하군, 이런 생각을 하며 가방에서 손수건을 꺼내 땀을 닦았다. 그러다 우연히 학생의 목덜미를 보았는데 땀 한 방울 없이 보송보송해 보였다. 역시 어리다는 건 불가사의한 일이었다.

학생은 택시뿐만 아니라 버스나 지하철도 탈 생각이 없어 보였다. 계속 골목과 대로변을 번갈아 누비고 다녔다. 이러다가 결혼식에 지각하는 건 아닐까, 혹시 학생은 처음부터 나를 잘못 찾아온 게 아닐까, 이런 의심이 고개를 쳐들기 시작했을 때 다소 한적한 거리에 들어섰다. 길은 넓어지고 양쪽 건물도 큼직하고 지나다니는 사람도 거의 없었다. 시내에서 교외로 순간 이

여름 손님입니까

동한 것만 같았다. 새로 산 구두가 뻣뻣해 발뒤꿈치가
쓰라렸다. 학생이 걸음을 멈추고 말했다.

마침내 돌아왔습니다.

학생이 가리킨 곳은 언뜻 봐도 규모가 크고 유서 깊
은 사찰이었다. 여기가 결혼식장이라고? 이런 문화재
급 사찰에서? 학생이 먼저 사찰 입구를 통과했다. 안
쪽 풍경은 목조 기와 건물이나 불당 등이 우리나라 절
과 비슷했지만, 건물의 배치와 곳곳에 들어선 독특한
정원이 달랐다. 또 절 구석에 묘비가 빼곡하게 들어선
묘지가 있는 점도 달랐다. 경내에 사람은 우리밖에 없
었다. 불당 앞을 지나갈 때마다 흘깃거렸지만 승려들
도 보이지 않았다. 원래 사람이 없는 시간인가? 아니
면 전부 결혼식장에 갔나? 그런데 정말로 여기가 결혼
식장이 맞는단 말인가? 의문들이 삐죽 고개를 쳐들었
지만, 학생 뒤를 따라가는 것 말곤 할 수 있는 일이 없
었다. 나는 가방 안에 손을 넣어 엄마가 보낸 축의금과
내가 따로 준비한 축의금 봉투가 제자리에 있는지 더
듬어보았다. 봉두 옆에 축축한 손수건이 만져져 화들
짝 놀라 가방에서 손을 뺐다.

본당으로 보이는 커다란 목조건물의 모퉁이를 돌자
뜻밖에 큰 연못이 나왔다. 연못은 헉 소리가 나올 정도
로 아름다웠다. 첫눈에 아름답다고 느낀 것은 아마 수

면의 4분의 3 가까이 차지하고 피어 있는 분홍색 연꽃 때문이었을 것이다. 연꽃은 부처님오신날에 절마다 내거는 연등처럼 인공적인 느낌을 주었다. 그만큼 크기와 빛깔과 비율이 완벽했다. 꽃잎이 활짝 벌어지며 효녀 심청이든 엄지공주든 하다못해 영란 언니가 나타나도 놀라지 않을 것 같았다. 연꽃 밑으로 검붉은 그림자가 쓱 움직였다. 비단잉어일 것이다. 물과 연꽃과 잉어의 그림자는 한 폭의 수채화였다. 그때 그 기억이 찾아왔다. 기억은 물리적인 폭력성을 갖추고 내 뒤통수를 후려쳤다. 언니! 나도 모르게 외마디 비명을 지르며 뒤를 돌아보았다. 거기 영란 언니가 있다는 듯이. 언니가 겁에 질린 어린 나를 힘껏 안아 달래줄 거라고 확신하면서. 그러나 아무도 없었다. 그 아름다운 풍경에 사람은 나 하나뿐이었다.

∞

수영장 옆은 연못이었다. 공원 입구 안내판에는 후백제 시절 만들어진 동양 최대의 인공 연못이라고 씌어 있었다. 언니는 입구를 통과할 때마다 아직 한글을 모르는 내게 안내판을 읽어주었다.

연못은 크기보다 연꽃으로 유명했다. 학교 운동장

보다 넓은 수면 곳곳에 분홍색 연꽃이 피어났다. 연꽃은 진흙 속에 뿌리를 깊이 내리고 있었을 텐데 나는 연꽃이 자유롭게 수면 위를 떠다닌다고 생각했다. 물속에서 언뜻언뜻 모습을 드러내는 비단잉어들처럼 사람들 눈을 피해 가고 싶은 자리를 찾아 떠다닌다고. 그러다가 마음에 맞는 사람을 만나면 그에게만 몰래 꽃잎을 활짝 열고 속을 보여줄 거라고. 언니와 함께 수영장에 다녀온 날 밤에는 연꽃이 열리며 그 안에서 작은 사람이 나오는 꿈을 꿨다. 그 작은 이는 인형극에서 본 효녀 심청일 때도 있었고 그림책에서 본 엄지공주일 때도 있었으며 엄마가 만들어준 하얀 드레스 차림의 영란 언니일 때도 있었다.

여름방학이 시작되면 언니는 나를 데리고 수영장에 갔다. 고무 튜브에 공기를 넣어주고 자기 무릎밖에 안 오는 유아용 풀장의 지루함을 견뎌주었다. 내가 배고프다고 하면 엄마가 싸준 도시락을 열어 나를 먹였고 졸려 하면 파라솔 아래서 나를 안고 재워주었다. 기억 속의 그날은 우리에게 동행이 있었다. 내 시야로는 목 아래쪽만 주로 보이게 키가 훌쩍 큰 언니 또래의 여학생이었다. 머리가 짧았고 동작이 큼직큼직했다. 언젠가 엄마가 '영 선머슴 애 같다'라고 말한 언니의 동급생이었을지도 모르겠다. 그날 언니는 종종 부주의

했다. 그 사람과 대화하느라 자꾸 나를 시야에서 놓쳤다. 오줌이 마렵다는 내 호소를 단 한 번에 알아듣지 못했다. 언니는 평소와 달리 높은 소리로 웃었다. 언니와 그 사람의 웃음은 시끌벅적한 실외 수영장에서도 도드라지게 울렸다. 나는 어쩐지 심술이 났다. 내 것인 언니가 자꾸 다른 사람에게 관심을 보이는 게 싫었다. 튜브 안에 있기 싫다고 칭얼거렸다. 얕은 유아용 풀은 시시하다고 했다. 언니는 잠시 난감한 표정을 짓더니 나를 끌어안고 깊은 풀로 옮겨갔다. 수위는 언니와 언니의 동행에겐 가슴에 닿는 높이였지만 내 키보다는 훨씬 높았다. 언니는 나를 품에 안은 채 물속을 걸으며 그 사람과 대화했다. 두 사람의 음성이 높고 낮게 화음을 이루었다. 언니는 점점 더 부주의해졌다. 나는 심술이 나서 언니를 시험에 들게 했다. 나를 안은 언니의 손길이 점점 느슨해지는 참이라 내가 거머리처럼 언니에게 매달린 상태였는데 일부러 팔 힘을 풀어버렸다. 내겐 언니가 곧바로 나를 붙들 거라는 믿음이 있었다. 나는 곧장 물속으로 가라앉기 시작했다. 곧 언니와 동행의 배와 다리가 보였다. 그 주변으로 온통 공기 방울이 가득했다. 너무나 사랑해서 스스로 공기 방울이 되어버린 인어공주가 떠올랐다. 그러나 실외 수영장 물속은 언니가 읽어준 『인어공주』 그림책 속 삽화만큼 아름답지 않았다. 뿌옇고 더러웠다. 압도적이고 무서웠다. 언니와 동행의 다리는 움직이지 않았다. 언니는 내가 제 품에서 떨어져 나온 것도 몰랐다. 나는 공포로 입을 크게 벌렸다. 내 입에서 큼직한 공기 덩어리가 나왔고 나는 곧 정신을 잃었다.

눈을 떴을 때 눈물과 콧물로 엉망이 된 언니의 얼굴이 가장 먼저 보였다. 언니는 울음을 터뜨리며 수영장 옆 바닥에 누워 있는 나를 끌어안았다. 나는 반사적으로 언니를 밀쳐냈다.

그날 집에 돌아갔을 때 언니도 나도 무슨 일이 있었는지 엄마에게 말하지 않았다. 지금 생각해보면 언니는 그때부터 집을 떠날 준비를 시작했던 게 아니었을까? 어린 내가 수영장에서 있었던 일을 언니와 나만의 비밀로 만들어버렸을 때부터? 아니면 내가 정신을 차리자마자 언니를 밀쳐버렸을 때부터? 그것도 아니면 내 손으로 언니 품에서 떨어져 나와 언니를 무서운 시험에 들게 했을 때부터? 설마 선머슴 애 같았던 언니의 동행에게 정신이 팔려 내게 부주의해지기 시작했던 그 순간부터?

사찰 어디에선가 종이 울렸다. 종소리는 세 번 연달아 들려왔다. 무엇인가 시작되고 있는 모양이었다. 아니, 무언가 끝을 향해 나아가고 있을지도 몰랐다. 확실

한 것은 종소리가 들려오는 한 이곳에 사람이 나 혼자
는 아니라는 사실이었다.

∞

　사찰 입구에서 택시를 불렀다. 결혼식 초대장을 보
여주니 택시 기사가 흔쾌히 고개를 끄덕이고 차를 출
발시켰다. 택시는 10분도 안 되어 목적지 근처에 도착
했다. 결혼식까지 아직 10분 정도 남아 있었다. 기사는
어느 골목 앞에 차를 세우고 내비게이션 화면에 붉은
세모로 표시된 최종 목적지를 가리켰다. 골목이 좁아
차가 들어갈 수 없으니 이만큼만 걸어가라는 뜻인 것
같았다. 나는 알겠다고 고개를 끄덕이고 택시 요금을
지불했다.

　결혼식까지 7분이 남았다. 나는 걸음을 서둘렀다.
이 골목 역시 내가 묵는 호텔 골목과 비슷했다. 묘지
딸린 절이 있고 관광객들이 줄을 선 카페가 있고 산 사
람들이 묵고 가는 호텔이 있었다. 언니의 결혼식장은
어디일까? 저 앞에 정장 차림의 사람들이 줄을 서서
어디론가 들어가는 모습이 보였다. 가까이 가보니 절
과 호텔이 마주 보고 있고 정장 차림의 사람들이 양쪽
으로 나뉘어 입장하고 있었다. 장례식과 결혼식이 한

　　　　　　　　　　　　　　여름 손님입니까

날한시에 벌어지고 있는 걸까? 나는 언니의 초대장에 적힌 번지수를 다시 한번 확인하고 절과 호텔을 번갈아 쳐다보았다. 입장 중인 사람들의 복장만으로는 그 안에서 벌어지는 행사의 정체를 짐작할 수 없었다. 골목 한가운데 서서 양쪽을 두리번거렸다. 결혼식까지 3분이 남았다. 마음이 조급해졌다. 목덜미에 땀이 줄줄 흐르고 등이 흠뻑 젖은 게 느껴졌다. 그때 검은 정장을 차려입은 남자가 다가와 뭐라고 말을 건넸다. 말끝을 올리는 것으로 보아 질문을 하는 것 같았다. 행사 안내인일까? 나는 얼른 휴대폰을 꺼내 번역기 앱을 켰다. 내가 내민 전화기를 향해 남자가 뭐라 뭐라 말했다. 잠시 후 인공지능이 젊은 남성의 목소리로 물었다.

유령을 찾아왔는가? 아니면 당신은 손님입니까?

호랑이보다 무서운 여름 손님이 되느니 차라리 유령을 만나고 싶었다. 그날 나는 물에 빠져 죽었어야 했다. 나 때문에 나를 죽일 뻔했던 언니는 자신을 죽였다. 언니는 엄마의 착하고 귀한 첫딸을 제 손으로 죽였다. 아니, 언니를 죽인 긴 나였을까? 검은 정장 남자가 다시 물었다.

손님입니까?

나는 얼른 뒤돌아 골목을 빠져나왔다. 결혼식 시간이 다 되었다. 등 뒤에서 종소리가 이중으로 들렸다.

높은음과 낮은음의 종소리가 좁은 골목을 가득 채웠다. 나는 골목 입구에 대기 중인 택시에 올라탔다. 기사가 어디로 가십니까,라고 묻는 것 같았다. 나는 그저한국어로 중얼거렸다. 어디든, 여기가 아닌 곳으로 갑니다. 기사는 아무 말 없이 택시를 출발시켰다. 손님이었던 것들이 저만치 멀어지고 있었다.

인
터
뷰

이주혜×조연정

조연정 『소설 보다: 가을 2023』에 수록됐던 「이소 중입니다」를 인상 깊게 기억하고 있습니다. 번역가, 소설가, 시인, 철학자라는 노골적인 인문학자의 명명으로 등장하는 인물 들의 사연과 그들만의 여행을 흥미롭게 읽었습니다. 그사이 출간한 장편 『계절은 짧고 기억은 영영』(창비, 2023)에서도 그랬듯 이른바 '삶과 글'의 문제가 이주혜 소설의 주요한 테마가 되어왔다고도 생각되는데요. 첫 질문부터 약간 거칠고 거창하게 여겨질 수도 있지만 이주혜 작가에게 '삶과 글'은 어떻게 연동되는 것인지 궁금합니다.

이주혜 『계절은 짧고 기억은 영영』의 화자는 정신과 의사로부터 일기를 써보라는 권유를 받은 후 우연히 연희동의 한 글쓰기 교실을 발견합니다. '쓰기'에 회의적이었던 화자는 일기 쓰기 교실의 홍보 문구에 마음을 빼앗깁니다. "당신의 삶을 써보세요. 쓰면 만나고 만나면 비로소 헤어질 수 있습니다"(p. 16). 이 대목을 적으면서 제게 있어 쓰기란 삶을 향한 대면으로부터 시작한다는 것을 깨달았습니다. 헤어지고 싶다면 외면이나 회피가 아니라 우선 만나기부터 해야 한다는 당연한 사실을 새삼스레 자각했다고 할까요? 소설을 처음 쓰기 시작했을 때 저는 '써야 할 것'과 '써서는 안 되는 것' 그리고 '쓰고 싶은 것'과 '쓰기 싫은 것' 사이를 구별할 수 있는 지혜의 눈을 갈망했습니다. 시간이 조금 흐른 지금은 어지럽게 교차하는 여러 기준선 사이를 헤집고 들어가 비로소 무엇을 쓸 것인가를 결정할 때 지혜보다 용기가 훨씬 더 중요하게 작용한다는 생각에 이르렀고요. 갈수록 쓰는 게 어렵다는 막막함과 그래도 여전히 쓸 게 남아 있다는 안도감이 동시에 느껴지곤 합니다.

쓰기가 이토록 어려운 이유는 생활로부터, 혹은 조금 더 거창하게 말해 삶으로부터 유리되기가 불가능하기 때문이겠지요. 단편소설 「이소중입니다」의 인물들을 번역가, 소설가, 시인, 철학자로 명명했던 것 역시 특정 직업군 혹은 '지식인 계층'(그런 게 있다면요)의 특수성과 배타성을 강조하기 위해서가 아니라 오히려 읽고 쓰는 여성의 삶이 흔한 선입견과 달리 얼마나 먹고사는 일의 무거움에 취약하게 노출되어 있는가를 말하기 위해서였습니다. 읽고 쓰는 여성도, 아니 읽고 쓰는 여성이라서 더더욱 누군가(무언가)의 짐이 되거나 누군가(무언가)를 짐으로 떠맡아 허덕이는 게 아닐까, 조심스럽게 말해보고 싶었어요. 산다는 게 서로 연루되고 때론 결탁하는 일의 다른 말이라고 할 때 이 '짐 되기' 혹은 '짐 지기'에서 자유로운 사람은 없을 텐데요. 그런 삶과 대면하는 한 가지 방법으로서의 쓰기에 집중하고 싶었습니다. 이때 쓰기란 번듯한 문법에 맞게 구성되고 활자들로 깔끔히 구획된 책의 집필만을 지향하는 게 아니라는 것, 일기장이든 블로그든 SNS이든 일상적인 글, 하다못해 우리가 드라마나 영화를 보며 나누는 이야기들까지 (그러니까 서브 남주를 선택했어야지!) 쓰는 행위에 포괄된다는 말씀도 드리고 싶습니다.

조연정 올 가을에 발표한 작품들의 테마는 '일본'이라고 할 수 있을 것 같아요. 「여름 손님입니까」를 비롯해서 『문학과사회』 가을호에 실린 「괄호 밖은 안녕」의 인물들도 일본으로 여행을 떠납니다. 일본이라는 장소가 이주혜 작가에게 특별히 환기하는 것이 있는지 궁금합니다. 특히 이번 선정작은 일본이라는 장소가 자아내는 분위기와도 잘 맞아떨어진다는 인상을 줍니다. 절대 과하지

않으면서도 극진한 손님 대접이랄지, 사실인 듯
상상인 듯 모호하게 그려지는 인물들이랄지, 사
찰의 풍경 등이 일본의 정서가 물씬 풍기는 소설
이라고 느껴졌습니다.

이주혜 일본을 배경으로 한 소설이 많은 걸 두고 누구
는 친일파냐는 (나름 뼈 있는) 농담을 던지기도
하는데요(웃음). 한국인으로서 제게 일본은 하
나의 국가이지만(그것도 우리나라와 복잡한 역
사적·정치적 관계에 있는) 제 소설 속 일본은 '장
소'입니다. '가깝고도 먼' 혹은 '익숙하면서 낯선'
양가성을 이야기할 때 제가 가장 먼저 떠올리는
공간이 일본이에요. 일본의 거리를 걷다 보면 제
가 이방인임을 감쪽같이 숨길 수 있을 것 같다
도 저의 타자성이 순식간에 드러나고 말 때가 있
거든요. 그건 빛이 인색한 공간을 걷다가 우연히
검은 유리에 비친 자신의 모습을 마주하고 흠칫
놀랄 때의 마음과 유사하고요. 새벽에 깨어 몽롱
한 상태로 화장실에 들렀다가 거울로 바라본 내
가 나 아닌 다른 곳을 보고 있을 때의 공포와도
비슷하겠지요. 이렇듯 일본이라는 장소에 서 있
으면 지각의 왜곡, 빛의 장난, 존재의 산란 등 어

떤 일이든 벌어지고 말 것이라는 이상한 기분에 휩싸일 때가 있는데요. 그런 상태가 기억과 상상의 혼재, 실재와 허구의 화학작용인 소설 쓰기의 출발점이 될 때가 있습니다. 아마 그래서 다른 나라에 비해 일본에 자주 가게 되고, 돌아와서는 꼭 소설을 쓰게 되는 것 같아요.

조연정 이 소설의 중요한 키워드는 '손님'입니다. 어린 시절의 '나'는 열두 살 터울의 영란 언니를 엄마처럼 따랐고 스무 살이 되어 집을 떠난 언니와는 여덟 살 이후로 연락이 끊긴 채 지냈습니다. 자신과는 다르게 엄마와 같은 성을 공유하며 질투심을 유발하기도 했던 언니가 엄마의 친딸도 자신의 친언니도 아니라는 사실을 알게 된 데에는 "언니는 손님이잖아"라고 말하며 '나'를 달래던 아빠의 한마디가 결정적이었죠. 30년 동안 연락이 끊겼던 언니가 엄마를 딸의 결혼식에 초대했고 '나'는 "오뉴월 손님은 호랑이보다 무섭단다"라고 말하는 엄마를 대신해 내키지 않는 맘으로 결혼식에 참석하기 위해 일본에 와 있습니다. 그리고 이 소설에 흥미롭게 등장하는 두 명의 캐릭터가 있습니다. 내가 묵고 있는 호텔 방에서부터 에스코트한 뒤 '나'를 어린아이처럼 목욕시켜 주는 노부인과 '나'를 낯선 사찰로 안내하고 사라지는 여학생입니다. 누구냐는 질문에 그들은 "손님입니다"라고 답합니다. 엄마와 아빠의 친딸이 아니었던 영란 언니는 우리 집의 손님 같은 존재였고, '나'는 지금 내키지 않는 손님이 되어 일본에 와 있고, 낯선 손님들의 방문을 받고 있습니다.

오랫동안 어린 시절의 기억 속에만 묻어둔 가슴 저린 가족사를 꺼내어보는 소설이라고도 할 수 있을 텐데요, 엄마와 영란 언니와 '나'의 관계는 이 손님이라는 말이 환기하는 어떤 '태도'로부터 비롯된다는 생각이 들기도 합니다. 호텔에서 극진한 대접을 받으며 '나'는 "젊은이가 노인에게 신세 지고 있다는 죄책감" "노인의 도움을 받는다는 부끄러움" "사소한 일로 타인을 피곤하게 만들었다는 죄책감" 등을 계속 말하고 있는데요. 이러한 죄책감과 부끄러움으로 인해 영란 언니는 집을 떠나게 된 것일까요? 손님이라는 말을 통해 의도하신 게 있다면 청해 듣고 싶습니다.

이주혜　데리다는 『환대에 대하여』(필로소픽, 2023)에서 '환대'란 흔히 이주민이나 난민과 맺은 관계뿐만 아니라 친구와 연인, 다른 종, 심지어 언어나 기술과 맺는 관계까지 포함하는 근본적인 현상이자 행위이므로 환대 자체를 거부하는 것은 궁극적으로 자기 파괴와 같다고 말합니다. 처음 데리다의 환대에 관해 읽었을 때 굉장히 복잡한 심정이 들었던 기억이 납니다. 무조건적 환대든 조건적 환대든 선택하는 게 불가능할 정도로 환대가 태도의 기본이어야 한다는 말인데, 혐오와 차별이 난무하는 세계에서 그의 환대론을 논하는 게 얼마나 머나먼 일인가 하는 회의가 일었던 거지요. 그러다 '아포리아'라는 개념이 눈에 들어오기 시작했습니다. 타자를 환대하는 행위에는 정해진 길이 없고, 길이 없다는 것은 길을 잃고 헤맬 가능성까지 내포하고 있다는 생각이요. 손님은 환대의 대상이지만 "호랑이보다 무서운 여름손님"으로 대변되는 궁극의 타자를 환대하는 일에는 '길 없음' 혹은 '길 잃음'의 각오가 단단히 필요하겠지요.

　　손님이 '환대의 대상'이라고 말씀드렸는데, 소설 속에서 제가 방점을 찍은 것은 환대가 아니라

'대상' 쪽이었다는 생각이 듭니다. 다시 말해 환대라는 행위, 굽어살피는 태도 이전에 손님은 대상, 즉 '남'이라는 생각이요. 그러므로 손님을 대하는 일에도, 손님이 되어 대접받는 일에도 언제나 불편함이 발생할 수밖에 없지 않을까요? 「여름 손님입니까」에서 어린 시절 아빠가 "언니는 손님이잖아"라고 말한 것에 언니는 '우리'에 속하지 못하는 남이라는 의미가 포함되어 있었고, 영민한 화자는 그 점을 간파했던 거지요. 그러므로 소설에 등장하는 다양한 손님은 전부 '남'이라는 뜻이고 남이란 '나 아님'을 말하며 주체와 구분되는 '타자'를 말합니다. 그런데 우리는 언제나 타자와 근본적인 관계를 맺으며 살고 있잖아요? 연루라 해도 좋고 결탁이라 해도 좋은 그 관계에서 자유로운 사람은 없고, 그곳에서 관계의 복잡성이 발생할 것입니다. 자신들을 "손님입니다"라고 소개한 노부인과 소녀 역시 남이면서 제 발로 화자를 찾아와 도움을 줍니다. 이때 '나', 즉 주체는 남, 즉 타자의 대상이 되면서 관계는 역전되고 말지요. 언니와 어린 나의 관계, 엄마와 나의 관계가 그랬듯이요.

조연정 앞의 질문을 이어가자면 이 소설의 가장 흥미로
운 부분은 노부인과 여학생이라는 신비한 캐릭
터입니다. 마치 꿈인 듯 상상인 듯 그려지는 이
들과의 만남은 결론적으로 '나'를 어떤 기억 속
으로 이끌고 갑니다. 노부인은 어린 시절의 '나'
를 엄마처럼 보살폈던 영란 언니를 연상시키기
도, 분홍색 연꽃으로 뒤덮인 아름다운 연못이 있
는 사찰로 '나'를 안내한 여학생은 어린 시절의
'나'를 커다란 연못 옆의 수영장에 데려가곤 했
던 그 시절의 '언니'를 환기하기도 합니다. 30년
만에 언니를 만나러 온 여행이니 그동안 묻어둔
"엄마를 사이에 두고 언니와 경쟁하고 있는지
아니면 언니를 사이에 두고 엄마와 경쟁하고 있
는지 명확하게 꼭 집어 말할 수도 없었"던 그 시
절에 언니에 대한 기억이 떠오르는 것은 당연할
텐데요. 노부인과 여학생이라는 흥미로운 설정
에 대해 덧붙여주실 말씀이 있을까요?

이주혜 무책임한 말로 들릴 수 있겠지만, 저 역시 소설
을 쓰는 내내 이 노부인과 소녀의 정체가 궁금했
습니다(예, 작가들은 늘 이렇게 의뭉을 떨지요).
노부인은 제가 좋아하는 일본 배우 키키 키린과

다나카 유코를 떠올리며 썼는데, 이 두 배우의 이미지가 전혀 비슷하지 않은데 내내 동시에 떠올랐다는 점이 개인적으로 흥미로웠습니다. 또 짧은 머리의 소녀는 실제 인물보다 애니메이션 속 이미지[「시간을 달리는 소녀」(2006)나 「귀를 기울이면」(1995)의 주인공]를 떠올리며 쓸 때가 많았습니다. 장면을 그려가면서 내내 이 노부인은 누구일까, 언니의 일본인 생모일까, 아니면 언니의 미래형일까, 혹시 엄마의 이형異形은 아닐까 생각했지요. 또 소녀는 어린 시절 언니인가, 아니면 언니가 좋아했던 "선머슴애 같"았던 친구일까, 언니를 잃고 홀로 사춘기를 보냈을 그 시절의 '나'일까, 혹 결혼식을 올릴 예정이라는 언니 딸의 과거형은 아닐까, 수많은 생각을 떠올렸지요. 무책임한 발언을 반복하자면 노부인과 소녀는 제가 열거한 이 모든 이일 수도 있고 그 누구도 아닐 수도 있겠습니다. 분명한 건 이들은 전부 '손님'을 자처한 타자라는 것 그리고 기억을 동반하고 찾아왔다는 것, 이때 기억은 단단한 실재가 아닌 유령처럼 출몰한다는 것, 이 기억- 유령을 환대하는 일은 언제나 '길 없음' '길 잃음'을 동반한다는 것 정도겠네요.

조연정 언니와 살던 시절 엄마가 항상 했던 말은 "하 씨는 하 씨끼리, 양 씨는 양 씨끼리"입니다. 억울한 죽음을 당한 오빠의 딸과 스무 살의 나이에 홀로 남겨졌던 엄마는 씩씩하게 삶을 꾸려나갔고 아빠의 구혼에 못 이겨 결혼을 하지만 숨김없이 당당하게 영란 언니를 잘 키워냅니다. 30년 만에 연락이 온 언니의 초대에도 담담하게 대했던 엄마의 캐릭터에 개인적으로 특별한 애착이 느껴지기도 합니다. 스무 살 이후 가족을 떠난 영란 언니를 원망하면서도 죄책감을 느끼며 그리워했을 엄마도, 떠나야 했던 언니도, 언니가 떠난 이후 두 명의 엄마를 잃은 듯했다고 말하는 '나'도 모두 애처로운 인물들로 느껴집니다.

그런데 언니가 떠난 이유 그리고 언니가 떠난 방식은 어렵지 않게 짐작이 가능하면서도 어쩐지 모호하게 느껴지기도 하는데요. '나'는 결혼식 참석을 위해 "절과 호텔" 사이에 도착해서 "장례식과 결혼식이 한날한시에 벌이지고 있는" 듯한 광경을 목격합니다. '나'가 지금 언니의 결혼식에 초대된 것인지 장례식에 초대된 것인지가 혼동되기도 합니다. 그리고 다음과 같은 문장들이 씌어집니다. "그날 나는 물에 빠져 죽

었어야 했다. 나 때문에 나를 죽일 뻔했던 언니
는 자신을 죽였다. 언니는 엄마의 착하고 귀한
첫딸을 제 손으로 죽였다. 아니, 언니를 죽인 건
나였을까?" 수십 년간 연락이 끊긴 언니가 엄마
와 '나'에게는 죽은 존재와도 같았을 텐데, 이 마
지막 장면을 읽으면 언니가 정말 그때 혹은 지금
죽은 건지도 모르겠다는 생각이 자연스럽게 듭
니다. 그러니까 이 여행은 언니가 우리 곁을 떠
난 이유를 짐작해보며 언니의 부재를 애도하는
여행이기도 할 텐데요. '나'에게 남은 것은 결국
"손님입니까"라는 질문입니다. 여행을 떠나기
전, 여행이 진행되는 동안 그리고 언니의 결혼식
장 앞에서 도망치듯 빠져나오고 있는 마지막 장
면에 이르기까지, '나'의 감정 상태는 어떻게 변
화하고 있는 것일까요?

이주혜 언니가 엄마의 착하고 귀한 딸이자 '나'에게는
엄마보다 더 엄마 같은 사람이었던 이유부터 생
각해봅니다. 무엇이 당시의 어린 소녀에게 자신
의 본성보다 '딸'이라거나 '엄마' 같은 역할에 더
충실하게 만들었을까요? 또 엄마는 왜 "하 씨는
하 씨끼리, 양 씨는 양 씨끼리"라는 선 긋기의 태

도로 일관했을까요? 하 씨가 주인인 집에서 엄마와 언니는 양 씨로서 늘 외로웠던 것은 아닐까요? 그럼에도 언니가 '나'를 아끼고 사랑했던 것은 분명해 보입니다. 그러던 언니에게도 집 바깥에서 개인적인 욕망과 감정이 생겨나면서 딸이나 엄마의 역할에 실금이 가기 시작했겠죠. 그게 표면으로 드러난 사건이 수영장에서 '나'가 물에 빠진 일이 되겠고요. '나'는 언니의 애정을 시험하고자 한 시도에서 장렬히 실패하고 그 순간 둘의 유사 모녀 관계는 다음 단계로 넘어갑니다. 언니는 다음 단계로 가족 안에서 스스로 떠맡았던(그러나 사실 눈치에 의해 떠밀렸을) 역할에서 벗어나기를 선택했을 테고요.

언니는 더는 엄마의 착한 딸이자 '나'를 가장 사랑하는 유사 엄마 역할을 지속할 수 없다는 사실을 자각할 정도로 예민한 사람입니다. '나'는 성장 중이고 언니는 욕망 중이라는 걸 알았으니까요. 그러나 그 예민함은 언니의 무력함 때문에 곧장 힘을 발휘하지 못하고 성인이 될 때까지 조용히 기다리는 과정이 필요했을 겁니다. 그래서 언니가 스무 살이 되자마자 일본으로 떠난 것은 다른 가족에겐 갑작스러운 일로 보였겠지만 언니 입장에서는 몇 년 동안 묵묵히 제 손으로 도모해온 '성인식'이었을지도 모르겠습니다. 흔히 문학 안에서 성인식은 '부친 살해'나 '모친 살해'로 표현되어왔는데, 이런 메커니즘으로 해석해보자면 언니는 '자기 안의 착한 딸(이자 엄마) 죽이기'라는 자해로 성인식을 치른 사람입니다. 그렇게 보면 말씀해주신대로 언니는 수영장 사건이 벌어진 그 순간 이미 한 차례 죽음을 경험한 셈이지요.

그런데 완전히 자취를 감춘 줄로만 알았던 언니가 30년 만에 다시 연락을 해왔습니다. 스스로 (타자로서의) 죽음을 선택한 언니가 '나'를 초대한 이유는 뭘까요? 어쩌면 자신이 견뎌온 그 타자의 자리에 '나'를 세워보고 싶었던 것은 아닐까요? 그 행위가 때늦은 앙갚음이 될지 비로소 이해의 출발점이 될지는 언니가 아닌 '나'가 선택할 몫이고요. 그것은 환대란 주체가 선택할 수 있는 일이 아니라고 말한 데리다의 주장과 통하는 생각이기도 하겠습니다. '나'는 손님이 될지 유령이 될지 선택해야 하는데, 아직 어떤 선택을 내릴지 분명해 보이지는 않고, 언니를 제대로 마주할 용기를 품게 되기까지 당분간은 길을 잃고 헤매야 할지도 모르겠습니다.

조연정 "영 선머슴애 같"던 동행에게 정신이 팔려 있기
도 했던 언니는 지금 일본에서 "또래의 일본인
여성과 공동으로" 여관을 운영하면서 잘 지내고
있는 것으로 그려집니다. 물론 위에서 말씀드린
마지막 장면과 더불어 SNS로만 확인한 언니의
모습은 상상에 불과한 것일 수도 있겠다는 생각
도 듭니다. 영란 언니가 집을 떠난 이유는 어떤
자유를 누리기 위해서였을까요?

이주혜 앞서 말씀드렸듯이 언니는 자신을 죽이기 위해
집을 떠났을지도 모르겠어요. 모든 부재는 죽음
이고 죽음은 또 새로 태어남으로 순환하니, 언니
의 일본행은 당연히 새로운 삶을 찾기 위함이기
도 하겠지요. 거기에는 자유를 향한 희구도, 또
더는 욕망을 억누르고 싶지 않은 안간힘도 있었
을 테고요. 소설 안에 많은 진술이 화자인 '나'의
기억과 추측, 상상에 기대고 있기 때문에 우리는
언니가 실제로 여관을 운영하고 있는지, 공동 운
영자인 일본인 여성과 어떤 사이인지 알 수 없습
니다. 심지어 언니가 초대한 딸의 결혼식이 실제

인터뷰 이주혜 × 조연정

로 열리는지, 그 딸의 정체는 무엇인지도 확신할 수 없습니다. 언니 주변에 이성애 결혼을 통한 임신과 출산으로 태어난 딸은 어쩐지 존재 가능성이 희박합니다. 언니의 남편이자 딸의 아버지로서 남성의 흔적은 전혀 찾아볼 수 없으니까요. 하 씨 가족 안에서 양 씨로서 늘 외로웠던 언니라면 아마 혈연으로 이어진 가족이라는 형태가 지긋지긋할지도 모르겠어요. 그래서 결혼 제도와 혈연으로 '나'와 '남'을 가르는 전통적인 가족 형태에 반하는 새로운 형태의 가족 관계를 선택했을지도 모르고요. 물론 어디까지나 저의 짐작입니다만, 저는 언니가 이제야 '나'를 비로소 과거에 헤어진 유사 딸이 아닌 순수한 손님, 즉 순수 타자(그런 게 있다면요)로 인정할 마음이 생겼다고 생각합니다. 인정은 이해의 출발점이고 이해는 사랑에 선행하니까요.

조연정 이주혜 작가의 소설에 앞으로 또 어떤 이야기가 담기게 될지 개인적으로 기대가 큽니다. 앞으로 작품으로 쓰시고 싶은, 최근 가장 집중하고 있는 주제가 있다면 무엇일지 질문하고 싶습니다.

이주혜 제 이야기에 귀 기울여주시고 앞으로의 이야기를 기대해주신다니 무척 기뻐요. "네 이야기를 들려줘, 내가 듣고 있어"는 소설 쓰는 사람이 들을 수 있는 가장 귀한 말이 아닐까요? 올해는 '기억'에 관한 이야기를 많이 썼습니다. 소설 곳곳에서 기억은 비인간의 형태로, 유령의 형태로, 때론 비언어의 형태로 찾아왔습니다. 인물들은 기억의 방문에 혼란을 겪고, 기억을 재구성하고, 새롭게 해석하며 소설을 통과했습니다. 기억에 대한 천착은 한동안 계속되겠지만 최근 들어 조금 달라진 마음이란 게 있다면 인물들에 좀더 책임을 지고 싶다는 생각이 듭니다. 아이러니하게도 소설가가 소설 속 인물에게 책임을 지려면 인물에 대한 장악력을 느슨하게 푸는 방향으로 가야 하지 않나 싶고요. 좀 이상하고 저조차 언뜻 이해되지 않는 말이지만, 그 이상한 생각에서부터 시작해보고자 합니다. 그러려면 비겁과 오만 사이에서 길을 잃고 헤맬 각오와 용기도 필요하겠고요.

인터뷰 이주혜 × 조연정

최애의 아이

이희주

2016년 문학동네 대학소설상을 통해 작품 활동을 시작했다.
연작소설『사랑의 세계』, 장편소설『환상통』
『성소년』『나의 천사』등이 있다.

우미는 사랑에 빠졌다. 증상은 여러 가지가 있었다. 고무지우개 위에 손톱으로 한 남자의 이니셜을 새겼다. 회의 시간에 골똘한 척 고개를 기울인 채 하나의 이름을 반복하여 적거나 십자 선을 그어 가지런히 배치된 눈, 코, 입을 그렸다가 검은 볼펜으로 마구 지웠다. 요 며칠 점심엔 식사를 거르고 산책을 나갔다. 차가운 겨울바람을 맞으며 도착한 강가에는 설탕 부스러기처럼 반짝이는 눈에 전날 적어둔 이름이 남아 있었다.

유리♡우미

우미는 마치 남이 남겨놓은 낙서를 발견한 것처럼 놀라며 그것을 뿌듯하게 바라보았다. 종일 이런 식이었다. 우연히 본 음악 방송에서 유리가 빵! 하고 쏜 사랑의 총알에 맞은 뒤로 우미는 오로지 두 가지만 했다. 유리 생각을 하거나 유리 생각을 하지 않으려 애쓰거나.

이 사랑이 처음은 아니었다. 마음을 주는 데 있어 우미는 중고품이었다. 나 진짜 다 줬어. 아까울 거 하나 없는데 못 줄 게 뭐람? 있는 거 없는 거 닥닥 긁어 주다 보면 다 준 것 같아도 또 차오르는 순간이 있었고 그럼 또 줬다. 사랑을 받는 것보다 하는 게 좋아서 계속 줬

최애의 아이

다. 어느 날엔 내가 이 사랑을 접는 게 죄가 되겠구나, 이렇게 마음을 주다가 한 번에 뺏으면 그 사람의 기둥이 무너지겠구나, 싶어 스스로가 무서울 정도로 줬다. 우주적 엔트로피의 측면에서 못할 짓을 한 거지. 우미는 생각했다. 어느 평행 우주에선 돌이나 미니 다육이인 유리가 꿱 하고 죽었을지도 모를 힘이었다. 비록 이 우주에서 유리는 이 사랑은커녕 우미의 존재도 모른다 해도.

"내년에 봬요."

옆 팀 과장이 인사하고 사무실을 나갔다. 한 해 마지막까지 함께 달린 그를 향해 우미는 고개를 꾸벅 숙인 뒤 엑셀 파일을 마저 정리했다. 무념무상으로 손만 움직이며 지난 사랑들을 떠올렸다. 모두 애정 결핍 환자였다. 타고난 성품도 있지만, 걔들이 그렇게 된 데는 환경상의 문제도 있었다. 잠도 안 재우고. 밥도 제대로 못 먹게 하고. 바쁠 땐 며칠 동안 하루 한 시간밖에 못 잔다고 했는데, 유리도 그렇겠지? 10시쯤 사무실을 나온 우미는 술냄새가 나는 옆자리 사람을 피해 버스 유리창에 이마를 댔다. 새삼 반추한 지난 남자들은 같은 틀로 찍은 듯 비슷했다. 바깥에 보여주기 위해 취사선택한 행동들이 비슷했고, 캐릭터를 만들어내는 하느님의 창의력에도 한계가 있었다. 우미는 그들을 과거라는 끈으로 묶어 처분했다. 다 아픈 애들이었어. 맥주 네 캔을 가방에 쑤셔 넣으며 잔인한 한 줄 평을 남겼다. 그런데 유리는 달라. 사랑을 갈구하지 않아. 그냥 거기 있는데 사랑스러운 거야.

유리의 왼쪽 손목에는 그가 어머니로부터 선물 받은 단향목 묵주가 채워져 있었다. 우미가 아는 한 그건 채워진 이래로 단 한 번도 유리의 손목을 떠나지 않았다. 성처녀 마리아가 세상의 더러움으로부터 성소년을 지켰다. 그래서인가. 유리는 나이에 비해 막무가내로 천진난만할 때가 있었다. 예를 들면 지금, 연말 무대를 마치고 쏟아지는 콘페티를 신기하다는 듯 바라보는 눈엔 거짓이 없었다. 우미는 모니터를 향해 손을 흔들며 외쳤다. 유리 최고! 흥분해서 벽을 퍽퍽 쳤다. 호쾌하게 들이마신 맥주 캔을 내려놓고 껍질 깐 귤을 입에 넣으며 생각했다. 이게 유리의 대단한 점이다. 그렇게 밀도 높은 인생을 살았는데 아직 때를 덜 탔다는 거. 어떻게 그럴 수 있는지 모르겠지만 유리에게 삶은 신기한 것이고 거기엔 기대와 희망뿐이었다. 그런 순수함이 빛을 내뿜고, 빛은 한 사람만이 가질 수 없기에 저절로 주변을 둘러싼 사람들의 뺨에도 쏟아진다. 마치 지금처럼.

우미는 모니터에 손 키스를 날리고 이를 닦고 불을

최애의 아이

끄고 누웠다. 천장 등의 빛이 눈꺼풀 안쪽에 인공 태양처럼 떠올랐다. 멀리서 불꽃이 터지는 소리가 들렸다. 해피 뉴 이어! 우미는 몸을 뒤척였다. 스물세 살이 된 유리에게 말을 걸었다. 생일 축하해, 유리. 입속말로 웅얼거리며 노래를 불렀다. 그러자 눈앞에 유리의 웃는 얼굴이 나타났다. 아주 딱딱하고 커다란 레몬사탕처럼 굴려도 굴려도 녹지 않았다. 시다. 희다. 달다. 우미는 찔끔 흐르는 눈물을 닦았다. 이렇게 되면 우미처럼 둔한 사람도 인정할 수밖에 없었다. 나, 사랑에 빠졌다.

그래서 새해의 첫날, 아침 일찍 일어나 가까운 산에서 해돋이를 보고, 집에 돌아와 뜨거운 물로 씻고 떡만 둣국과 남은 귤까지 먹어 치운 우미는 어떤 충동 없이, 삼십대 여자의 냉정한 판단력으로 유리의 아이를 가지기로 마음먹었던 것이다.

병원에 들어섰을 땐 양가죽 부츠가 반쯤 녹은 눈으로 젖어 있었다. 조금 막혀도 택시를 타고 올걸 하고 후회했다. 간호사가 접수를 도와주며 몇 가지를 물었다. 정자 공여 시술이 맞으신가요? 도네이터분 성함은 박유리 님 맞으실까요? 생리 이틀 차가 맞으시죠? 우미는 전부 맞다고 했다. 간호사로부터 신분증을 돌려

받은 뒤 우미는 소파에 앉았다. 대기 중이던 여자 세 사람의 얼굴을 곁눈질로 살폈다. 저 중에 나 같은 사람이 또 있을까? 탐색을 시도하던 우미의 눈에 지난여름부터 신년호까지의 『보그』가 이가 빠지지 않고 비치돼 있는 것이 포착되었다. 우미는 9월호에 손을 뻗으며 안심했다. 만일 대기실의 누군가가 자신과 같다면 유리가 첫 단독 표지를 장식한 잡지에 손을 대지 않고는 못 배겼을 거다.

우미는 '1999년, 서퍽의 여름방학'이라는 표제의 화보를 넘겼다. 승마 모자를 쓰고 마방에서 포즈를 취한 유리는 왕자나 적어도 귀족처럼은 보였다. 분명 사람들이 열광할 만한 지점이 있었지만, 이런 유의 '멋진' 잡지 사진은 우미와 코드가 안 맞았다. 세련된 사람들이 만들어준 이미지는 짜임새가 튼튼했다. 그러나 우미의 지론에 따르면 애초에 젊음이란 해지기 위해 발명된 것이므로 젊은 아도니스에게 어울리는 건 명품이 아닌 싸구려 천이었다. 만약 우미가 유리의 사진을 찍었다면 폐공장을 섭외하고 청바지를 입혔을 거다. 입안이 쪼글쪼글해질 때까지 파란색 페인트 사탕을 빨아 물든 혓바닥, 아무하고나 주고받는, 고양이 같은 혓바닥을 드러내 보일 것이다. 더러운 매트리스에 깔린 보푸라기 인 담요 위에서 까슬까슬한 음모를 내보일 것이다. 젊음은 거기 존재하니까. 루이비통이니, 디올이니…… 입었다기보다 모시는 꼴로 옷을 걸친 모양새는 아름답기보다 역했지만 이는 유리의 탓이 아니었다. 애초에 명품이란 때 타고 미끈한 얼굴들에게 어울리니까. 그나마 골프가 아니어서 다행인 걸까? 골프와 승마 중 뭐가 더 역겨운지 고민하는데 간호사가 이름을 불렀다.

"이우미 님, 들어오세요."

우미는 자리에서 일어나 검진실로 향했다.

검진을 마치고 의사와 대면했다. 안경을 쓴 여자 의사는 무척 전문적으로 보여, 우미는 습관적으로 그를 연상이라고 생각했다가 정정했다. 내심 자신을 아직 이십대처럼 여기는 버릇을 고쳐야 했다. 이젠 책임감이 필요한 때이니까.

의사는 침착하게 기본적인 것부터 설명하기 시작했다. 준비성 철저한 우미는 미리 연습해온 답을 말했다. 쌍둥이를 희망하실까요? 하나면 충분해요. 그럼 과배란 주사를 맞으실 필요는 없고 배란 유노제빈 되겠네요. 생리 주기도 규칙적이셔서요. 약은 시간 맞춰 드시고 가볍게, 너무 무리가 되지 않는 선에서 운동하시고…… 여기 색연필로 밑줄 그어진 곳에 서명해주시고 뒷장에도……

시술 동의서와 개인정보 수집·이용·제공 동의서에 서명하는 우미에게 의사가 툭 말을 던졌다.

"혼자서는 키우기 쉽지 않으시거든요. 어쩌다 이런 결심을 하게 되신 걸까요?"

우미는 진심을 감추는 데 선수였다. 직장 생활을 하다 보면 누구나 그렇게 변한다. 맞지 않는 상대에게 맞추고, 웃고, 자기 자신이 싫어지는 농담을 던지는 일에 익숙해지며 반들반들 닳는다. 이 질문에 대한 대답도 이미 정해져 있었다. 나이가 있어서 늦기 전에 낳고 싶었어요. 난자를 얼려도 되지만 지금이 적기라고 할까, 체력이 달리기 전에 키우고 싶어서요. 의사에게 답할 말만 준비된 건 아니었다. 애를 원하는 게 시대착오적이라고 생각하는 지인들에겐 일을 좀 쉬고 싶어서 선택했다고 할 생각이었고, 보수적인 상사에게는 이렇게 말할 예정이었다. 여성의 의무 중 하나인 재생산을 통해 국가에 이바지할 것이며…… 준비해둔 얼굴이 수십 개였고, 변검 하듯 필요에 따라 바꿔 쓸 자신이 있었다. 그런데 갑자기 그러고 싶지 않아졌다. 우미는 펜을 건네며 심플하게 답했다.

"유리의 아이를 원하니까요."

무심한 표정의 의사가 모니터로 몸을 돌렸다. 마우스 버튼을 딸깍대는 소리. 긴장으로 어깨가 뻣뻣하게 굳었다. 의사가 말했다.

"다른 병원에서 상담받은 적 없으시죠?"

우미는 고개를 끄덕였다. 방금 전 사랑의 진정성이라는 측면에서 가점을 받았다는 걸 느끼고 안도의 숨을 내뱉었다. 전에도 물론 다른 남자의 아이를 가지고 싶다는 생각은 한 적 있다. 엄마! 하는 외침을 듣고 번쩍 품에 안아 올렸던 망상 속의 아이들. 지난 사랑들과 우미의 이름을 조합해서 만든 엉터리 이름의 어린것들은 우미의 사랑이 차갑게 식음과 동시에 어딘지 알 수 없는 기억 저편에 방치되었다. 그 남자들의 아이를 안 가져서 다행이다. 몇 번의 충동을 참을 수 있었던 건 순전히 삶에 쫓기며 살았기 때문인데 그게 이런 식으로 도움이 될 줄은 몰랐다. 우미는 짐짓 무거운 목소리로 덧붙였다.

"없어요, 유리 외에는. 걘 제 인생의 사랑인걸요."

의사가 책상 앞으로 몸을 기울였다. 손을 뻗어 환자들이 볼 수 있게끔 진열된 팸플릿을 뽑아 내밀었다.

"기존에 아시는 모자보건사업은 일반 혼인 관계에 있는 여성분의 경우에 적용되는 법이고요. 환자분의 경우에는 한부모가족지원 분과로 들어가요. 사랑열매 지원은 일반인 정자를 공여받는 경우라 해당이 안 되시고, 3페이지에 보시면 있는 희망열매, 여기 해당되

세요. 그리고 희망씨앗 보금자리라고, 소득 분위에 따라 신청 가능한 사업이 있는데 이것도 일단은 팸플릿 하나 챙겨드릴게요. 자세한 건 댁에 가져가 확인해보시고……"

우미는 고개를 주억거리며 들었다. 예상외로 잘되어 있는 정책에 놀라다가 문득 인터넷에서 본 댓글이 떠올랐다.

낳는 게 헐값인 덴 이유가 있죠. 정치인이야말로 인구가 늘어나길 원하는 사람들이거든요. 누군가는 그 사람들이 먹던 접시를 치우고 마당의 잔디를 깎아줘야 할 거 아니겠어요?

그러자 순식간에 불쾌한 감정이 밀려왔다. 우미는 개천에서 난 용 특유의 끓는 분노를 담아 마음속으로 침을 뱉었다. 우리 아이는 다를 것이다. 너희들 밑에서 빼앗기기만 하지 않을 거다. 너희 아들들을 기죽게 만들고 딸들의 마음을 뺏을 것이다. 그게 가능한 건……

"그리고……" 의사가 덧붙였다. "구입하실 때 이미 서명 완료하셨겠지마는, 태어난 아이가 열세 살이 되었을 때 프로필을 찍어 해당 기획사에 보내셔야 합니다. 알고 계시죠?"

결과에 따라 기획사에 소속될 수 있다는 것, 그땐 아이의 꿈과 희망이 뭐든 데뷔를 준비해야 한다는 건 오

최애의 아이

히려 우미에겐 호재였다. 아빠를 존경한다고 말하는 아들. 아빠처럼 되고 싶다고 말하는 아들을 낳는다면 얼마나 좋을까? 기획사에 2세가 창출할 경제적 이득과 소유권의 10퍼센트가 넘어가는 것쯤이야 견딜 수 있었다. 십일조 내는 거라고, 머리카락을 한 움큼 잘라 건넨다고 생각하면 그만이었다(살짝 마음 아프긴 해도 자신은 조선 시대 유생이 아니니까 참을 수 있었다).

"실은 그랬으면 좋겠어요."

진심을 담아 말했음에도 의사는 대수롭지 않다는 듯 넘겼다.

"많이들 그렇게 말씀하시더라고요. 오히려 좋은 기회라고."

많이들 그런다니. 특별할 게 없다는 듯한 태도에 살짝 울컥했다. 물론 의사의 말이 옳다. 아이는 부모의 복제가 아니라 전혀 다른 배합으로 태어난 제3의 생명체니까. 머리론 알아도 기묘한 반발심이 들었다.

"앤 진짜 할 수 있을 거예요. 유리의 아이니까."

그 말을 하며 우미는 반사적으로 배에 손을 얹었다. 수정은커녕 비용도 지불하기 전이었는데 그런 말과 행동이 나왔다. 아이를 낳겠다고 결심한 새해 첫날부터 우미의 몸은 이미 준비를 마친 상태였으니까. 의사가 웃으려다가 농담이 아니란 걸 알았는지 애매한 표정을 지었다. 묘하게 이겼다는 기분으로 유리는 어깨를 활짝 펴고 병원을 나섰다. 돌아가는 택시 안에서 한강을 건널 때 쏟아지는 눈을 보며 문득 학창 시절 배운 시를 떠올렸다. 은쟁반에 하이얀 모시 수건을 깔고 기다린다고 했나? 얼어붙은 강 위로 쌓이기 시작한 눈이 모시 수건처럼 희었다. 모든 건 마련되었다. 이제 아이만 있으면 만사형통이었다.

배란 예정일 이틀 전에 초음파를 보러 갔다. 왼쪽에서 두 개의 난포가 아주 잘 자라고 있었다. 시술 예약을 잡고, 타이밍이 알맞아 곧장 난포를 터뜨리는 배주사와 엉덩이 주사를 맞았다. 시술 시간은 내일 아침 8시. 오래 걸리지 않는다고 했지만 꿈의 첫발을 떼는 날이기에 반차 대신 연차를 썼다. 연초부터 급작스레 자리를 비운다고 한 소리 들었지만 알게 뭐람. 우미는 마음속으로 엿을 날리고 다음 날 아침 병원에 갔다. 시술이 이뤄지는 지하엔 보호자가 들어올 수 없는 탓에 혼자 있는 여자들뿐이었다. 우미는 문득 유리의 팔목을 떠올렸다. 버진 메리. 성처녀의 공간에 가호가 있길. 마지막으로 신분증 검사를 하고, 큐알 코드를 찍고, 우미가 원하는 기증자가 유리가 맞는지 두 번 더 확인한 뒤, 최종적으로 지장을 찍었다. 우미는

최애의 아이

모든 질문에 고개를 끄덕이며 이렇게 진심을 담아 '그렇다'고 대답한 적은 없다고 생각했다.

시술실은 포근한 분위기였다. 은은한 간접 등 아래 놓인 개나리색과 상아색의 체크무늬 침구 위에 눕자 의사가 들어왔다. 유리의 정자는 아주 건강하지만, 그래도 첫번째 시도에 바로 성공하는 경우는 드물다고 했다.

"저, 선생님."

우미는 조심스레 손을 들었다. 말을 하는데 입이 바싹 마른 게 느껴졌다.

"어제 깊은 잠을 못 잤는데 괜찮을까요?"

의사가 다 안다는 듯 부드러운 미소를 지었다.

"긴장되시죠. 너무 걱정 마세요. 마음 편히 가지시고요."

아무것도 아닌 걸 알아도 역시 작은 것 하나까지 신경 쓰였다. 떨리는 마음…… 우미는 더 묻는 대신 챙겨온 유리의 포토 카드에 입을 맞추고 머리맡에 두었다.

"다리 벌리시고요…… 소금 이물감이 있을 순 있는데 금방 끝납니다. 힘 빼시고요……"

가만히 눈을 감고 우미는 생각했다. 이건 유리에게 얼마가 돌아갈까. 음원을 들으면 6퍼센트, 음반을 사면 2퍼센트 정도 돌아가고, 크고 작은 사진·키링·포토 카드·부채·포스터 따위 얼굴을 쓰는 상품의 수익이 실연자에게 제일 많이 돌아간다고 들었다. 그렇다면 나와 뒤섞이는 이것에 대해서는 얼마만큼의 수익을 얻는가. 유리에게서 나온 거니까 전부 주고 싶다. 수송 비용, 보관 비용, 기타 등등…… 제하는 것 없이 바로 보내주고 싶다. 온전한 대가를, 순수한 돈을, 중간에 누구도 끼어들지 못하게 일대일로 주고 싶다. 우미가 바라는 게 있다면 그 정도였다.

"다 끝났고요. 10분 있다가 나오시면 됩니다."

의사가 방을 나갔다. 우미는 그대로 눈을 뜨지 않고 시간을 쟀다. 관자놀이를 타고 흐른 눈물이 머리카락을 적셔 축축했다. 우미는 일어나 눈물을 닦고 어기적어기적 시술실을 나왔다. 병원 1층의 카페에서 치아바타샌드위치와 캐모마일티를 사 먹고 집으로 돌아와 아기방에 갈랜드를 달았다. 남은 시간 종일 유리의 영상을 보다가 평소보다 일찍 잠자리에 누웠다.

2주 뒤에 우미는 로또에 당첨됐다. 피검사 수치가 805가 나왔다고 전한 의사가 덧붙였다. "1차에 바로 되시는 경우는 드문데. 축하드립니다." 누군가는 임테기 단계에서 눈물이 났다고도 하는데 우미는 심장이 빨리 뛰기만 할 뿐이었다. 물론 기쁘기도 했지만, 그보다 될 일이 되었다는 느낌이 가장 컸다. 물리적으론 일주일 전쯤 배가 아파서 착상통임을 확신했고, 미신적으론 하늘을 날던 용이 손바닥만 하게 작아지더니 목구멍으로 쏙 미끄러져 들어오는 꿈을 꾸었던 것이다.

비용이 덜 들어 다행이지. 만일 2차, 3차까지 갔으면 모아둔 돈이 바닥났을 거다. 그런 안심을 하는 한편 유리의 상품이 다른 여자의 자궁강 내로 들어갈 게 아쉬웠다. 돈만 있다면 다 샀을 텐데. 아니면 늦었지만 시위를 나갈까? 지금도 기획사 앞에 모여 있을 팬들 사이에 슬그머니 끼는 거다. 아이돌의 인권을 보장하라! 사생활을 팔지 마라! 아이돌은 상품이 아니다! 비인간적인 처우는 용인되어서는 안 된다! 근데 임신 초기에는 조심해야 하니까 진짜 가지는 못하고 그저 상상만 할 뿐이었고……

회사에 임신 사실을 밝혔다. 분명 인공수정이라고 했음에도 약혼자에게 버림받았다는 루머가 돌았다. 왜지? 헤어진 남자의 애를 낳는 게 더 평범한가? 납득하기 쉬운가? 우미는 치실로 어금니 사이를 문지르며 곰곰이 생각했다. 상품화되있다고 해도 이런 방식의 인공수정은 '미저리 시술'이라고 불렸고, 「그것이 알고 싶다」나 「궁금한 이야기 Y」 같은 시사 프로그램류의 단골 소재였다. 점심시간에 한 번 얘기가 나온 적이 있는데 모두 치를 떨었다.

"아우, 미친년들이지."

"저 건너 건너 아는 사람이 했는데요. 뭔가 좀 이상할 거 같잖아요, 사람이? 근데 겉으론 진짜 멀쩡하게 생겼어요."

"그런 인간들이 존재한다니 소름이 끼친다."

고개를 주억거린 건 분위기를 맞추기 위함이었다. 속내는 그때나 지금이나 같았다. 그런데요…… 좋아하는 남자의 아이를 가지고 싶어 하는 건 당연한 마음 아닌가요?

우미는 가글을 뱉고 윗니와 아랫니를 확인했다. 첫 월급을 받자마자 교정한 이는 고르고 희었으며, 뒤엔 말발굽 모양의 장치가 붙어 있었다. 보이지 않는 곳에서 억누르는 힘이 우미의 이를 고르게 만들었다. 우미는 머리카락을 어두운 밤색으로 물들이고 레이어드 커트를 한 거울 속 삼십대 여자와 눈을 마주쳤다. 입을 크게 벌리자 멀쩡해 보이는 그 여자도 입을 크게 벌렸다. 우미는 눈을 크게 뜨고 그 여자의 목구멍을 빤히 들여다봤다. 사람들이 말하는 미친년이 튀어나오길 기다렸다. 하지만 아무것도 안 보였다. 새끼 용도 없고 그냥 까말 뿐이었다.

모성 보호로 업무 시간이 앞뒤로 한 시간씩 줄었으나 사흘 만에 유명무실하다는 걸 알았다. 애를 가진 거지 일이 줄어든 건 아니었기에 자리를 비울 수 없었다. 5시에 퇴근 카드를 찍고 마우스를 움직이다 보면 이전과 똑같이 10시, 10시 반이 됐다. 이 정도는 아무것도 아니지. 애를 키우는 건 싸움이니까. 그리고 우미에겐 싸울 용기가 있었다. 지독한 몸의 통증도 이를 악물고 참았다. 출근할 때마다 24시간 설렁탕집의 역겨운 누린내를 피해 한 정거장 일찍 내려 걷는 것도, 축축한 하반신도, 가슴 통증도 전부 참았다. 오히려 우미는 변화를 긍정적으로 받아들였다. 삼킬 수 있는 게 과일뿐이라는 걸 깨달은 후엔 포도 한 알을 톡 터뜨려 달콤한 즙을 천천히 음미하는 법을, 이름도 예쁜 설향 딸기의 시원한 감미가 도는 흰 가운데 부분을 공들여 핥는 법을 배웠다. 모과에 코를 대고 흠뻑 숨을 마셨고, 책상 위에 폭탄처럼 레몬을 두었다. 털투성이 공 모양의 코코넛, 모자이크화 속 무어인 공주가 귀와 머리에 달고 있던 장신구 같은 석류, 작은 새의 눈처럼 까맣게 빛나는 씨를 배 속에 품고 있는 노란 파파야의 화려한 생김새를 즐겼다. 눈에도 혀가 딸리고 이가 딸렸다. 지켜보는 일로 영양을 흠뻑 흡수하는 건 본래 우미가 살아오던 방식이어서, 우미는 이걸 기꺼워하는 아이가 자기 출생의 비밀을 아는 영리한 아이라고 생각했다. 우미와 아이 두 사람은 틈이 생기면 빈 카트를 끌고 백화점

지하를 거닐었다. 바다 건너에서, 전국 각지에서 모인 신선한 과일을 눈으로 따 먹었다.

엄마와 회사를 빼고 가장 먼저 소식을 전한 건 은정이었다. 열네 살에 만난 20년 지기 친구는 우미가 말을 끝내자마자 물었다.

"너네 엄마가 뭐라고 안 하시던?"

"우리 엄마 알잖아. 손주만 볼 수 있으면 그만이래."

은정은 이해한다는 듯한 눈빛을 보냈다. 우미를 향한 엄마의 유난스러운 사랑은 이미 오래전 우미의 유전자를 보존해야겠다는 결론에 도달했다. 학원 한번 안 보냈는데 좋은 대학에 간 똑똑한 딸. 대학 4년 내내 10원 한 장 타 쓴 적이 없는 딸. 바늘구멍보다 좁다는 대기업에 입사해서 다달이 용돈 보내주는 딸. 사고 한번 친 적 없는 얌전한 딸. 어떻게 내 배 속에서 이런 자식이 나왔나 싶게 놀라운 딸. 그런 딸이 자신과 똑 닮은 딸을 낳아서 엄마로서도 행복을 누리는 건 당연한 수순이었다. 그런데 왜 남자친구가 안 생기지? 내가 제 아빠랑 잘 사는 모습을 못 보여줘서 그런가? 차마 엄마가 입 밖으로 뱉지 못했던 죄의식은 우미가 아이를 가짐으로써 씻겼다. 그래도 애가 자기 피를, 내가 물려준 내 피를 끔찍하게 생각하는 건 아니었구나. 게

다가 남들에게 부끄럽지 않게 설명하기 좋은 롤 모델
도 있었다. 사유리 알지? 요즘 젊은 애들 사이에서 그
런 게 유행이더라고. 우리 때랑 달라. 요즘 애들은 야
무져서 남자한테 기대지 않고 살아……

"아는 사람 지인이 했단 얘긴 들었는데 실제로 하는
사람 처음 봤다."

은정이 아이스커피를 쪽 빨아 마시고는 말을 이었다.

"하긴, 근데 내 주변에선 할 사람이 너밖에 없긴 하다."

은정은 우미가 연애 한번 하지 않고 아이돌에만 미
쳐 살았다는 걸 누구보다 잘 알았다. 고등학생 때 두
사람은 같은 아이돌 그룹에 열광했다. 그 후 성인이 된
은정에게 길고 짧은 인연이 일곱 번 스쳐가는 동안 우
미는 늘 혼자였다. 그걸 눈이 높다고 해야 하나? 여전
히 소녀 같은 환상에 젖어 현실에 발붙이지 못하고 사
는 친구가 가끔은 정신 나간 것처럼 보였고, 솔직히 한
심하다고 생각한 게 대부분이었다. 그런데 오늘 얘기
를 들으니 우미와 자신이 완전히 다른 종족이라는 걸
인정할 수밖에 없었다.

은정은 우미의 방에 붙은 유리의 브로마이드를 떠
올렸다. 우미가 그 안에 손을 집어넣어 다른 차원에 있
던 유리를 끄집어내는 장면을 상상했다. 결국 해낼 줄
이야. 아니, 아무리 그래도 이런 길을 택하나? 연애 경

험 없는 거야 알고 있고, 가끔 야한 얘기를 할 때도 불편한 얼굴로 우물쭈물하던 걸 보면 남자 경험도 없는 거 같은데 애가 좀…… 극단적이었다. 사랑은 마음먹기에 달린 건데. 적당한 사람을 만났다면 이런 미친 선택을 안 할 수도 있지 않았을까? 여러 생각이 들었지만 당사자 앞에선 내비칠 수 없어 간신히 던진 질문이 이거였다.

"그거 꽤 비싸다던데. 모아둔 돈 다 쓴 거 아냐?"

"그건 아니고."

질문을 받은 우미는 고개를 저었다. 적금 두 개를 깬 건 맞는데, 어차피 유리를 쫓아다니며 썼을 비용을 따지자면 비싼 것도 아니었다. 자잘하게 앨범과 굿즈를 사 모으는 것도 다 지출이고 해외 투어 콘서트는 휴가를 긁어모아 꼭 따라가는 편이었으니 앞으로 5년만 더 유리를 사랑한다고 가정해도 오히려 이쪽이 가성비 좋았다. 이사할 때도 앨범은, 와, 진짜 손쓸 수 없는 짐이었는데 아이는 달랐다. 포장할 필요 없고, 자기 발로 트럭에 올라탈 수 있고, 추가 비용 0원! 게다가 앞으로 25년은 늙고 시들어가는 쪽이 아니라 성장하며 아름답게 개화할 테고, 그걸 보는 동안 예상치 못한 자극이 가득할 것이다. 우미는 이제껏 그런 굿즈를 가져본 적이 없었다.

최애의 아이

"그러니까 후회 안 해."

"대단하네."

은정은 얼음을 건져 씹으며 자신의 일상을 떠올렸다. 남편과 둘이 영혼까지 끌어모아 마련한 전셋집, 나란히 누우면 꽉 차는 거실, 가끔 엄마라고 불리는 상상을 하지만 인간 하나를 더할 여력이 없는 빠듯한 생활을 떠올렸다. 대단하네,라니. 부러움과 비아냥을 섞은 자신의 말을 곱씹으며 은정은 웃었다. 그는 다양한 현실의 갈래에서 최선의 선택을 하며 살았다고 자부했지만 우미는 아예 경우가 달랐다. 장애물이 나오면 우회 루트를 찾는 게 아니라 그걸 뚫고 직선으로 갔다. 세상은 욕심 있는 사람에게 다 주는구나. 나는 부러워. 네가 미친년이라서. 기필코 원하는 남자의 애를 낳겠다고 그 지랄한 것도, 그 돈 버는 것도 부러워.

그러나 우미는 대단하단 말에 담긴 복잡한 심경을 눈치채지 못하고 남들도 다 하는 일인데 뭐,라며 이상하게 겸손한 태도를 취했다. 아니, 애를 낳는 게 문제가 아니라…… 은정은 헛웃음을 삼켰다. 됐다, 늘 이렇다니까. 애는 바보라서 이런 걸로 화를 내면 나만 좀스러운 년이 된다. 한 번은 알아채라, 좀. 20년 동안 싸운 적 없는 친구라는 게 말이 되냐? 나만 패배하는 기분이라는 게? 은정은 빨대 포장지를 갈가리 찢으며 말을 돌렸다.

"아들인지 딸인진 언제부터 알 수 있는 거야?"

"아들이야."

"벌써 알 수 있어?"

"아니, 그냥 알아."

네가 아들을 원하는구나? 아주 확신에 찬 말투여서 "네가 그렇게 느끼면 그런가 보지" 외에는 할 말이 없었다. 아무리 둔한 우미라도 이번에는 속에 든 뾰족한 가시를 알아챌 것 같아 급하게 덧붙였다. "그런 건 엄마가 제일 잘 안다고 하니까."

우미는 긍정도 부정도 하지 않았다. 짧은 침묵. 은정은 공백을 참지 못하고 이 사실을 아는 사람이 또 있느냐고 물었다. 그러자 너뿐이라고, 대학 동기들은 모른다는 답이 돌아왔다. 그 말에 은정은 묘한 만족감을 느꼈다. 은정이 우미와 친구 사이를 유지하는 건 우미가 결정적인 순간에 친구로서 은정을 제일 좋아하고 의지한다는 걸 보여주기 때문이었고 은정은 이런 일에 약했다.

만족스럽다는 듯 미소를 띤 은정을 보며 우미는 마지막 대학 동기 모임을 떠올렸다. 서른을 넘겼는데도 친구 넷 중 셋이 월 2백을 간신히 넘겨 받았다. 쌓아봤자 물 경력. 도시 빈민의 기로에 선 여자들 사이에선 않는 소리만 나왔다.

그래도 서울에 있는 대학 나왔는데 이게 말이 되냐? 근데 솔직히 민속학과 나와서 할 게 없긴 하지. 탈춤 출 것도 아니고. 무용과도 아닌데 웬 탈춤. 야, 무용과는 시집이라도 잘 가지. 민속학과는 씨발, 뭐 있냐? 향이 언니는 어떻게 삼성 갔대? 그 선밴 경영 복전했잖아. 사랑 선배는 뭘 하길래 맨날 유럽에 있어? 그 선배 원래 부자야. 맞다, 너네 중에 유선이랑 연락하는 애 있어? 걔 고향 내려가서 공무원 할걸? 걔도 공무원이야? 진짜 공무원 말고 할 게 없구만. 아니, 할 거 있는데 우리만 모르는 걸 수도 있지. 다 이러고 살진 않을 거 아냐. 야, 우미 년 전과하길 진짜 잘한 거야. 우린 미래가 없어. 우리 팀 대리는 퇴근하고 코딩 학원 다녀서 이직했는데 나도 코딩 배울까. 그것도 체력이 있어야 하지. 기르면 되지. 수영 어때? 내 친구 구청에서 하는 체육 센터로 수영 다니는데 좋다더라. 그런 덴 물이 좀 지저분하지 않아?

그럼 다라이에 물 받아놓고 발이라도 휘저어…… 싫은 소리 하고 싶은 걸 꾹 참고 헤어진 뒤로는 연락할 마음이 안 들었다. 더구나 아이를 낳을 거라고 하면 돌아올 말은 뻔했다. 혼자 힘들지 않겠어? 누가 같이 키우는 게…… 비꼬는 게 아니라 진짜 걱정인 건 알았다.

근데 그런 걱정이랄까, 패배자의 사고 자체에 전염되고 싶지 않았다. 우미에겐 개천 용 특유의 자기 확신이 있었다. 쉬운 일은 아니지만 나는 이겨낼 거다. 이 애도 잘 자랄 거다. 대학 동기들은 징징대기만 할 줄 알지 이런 확신을 이해 못 했다. 그래서 은정한테만 말한 거였다. 이십대에 가정을 이룬 친구는 안정감이 있었다. 싫은 소릴 침처럼 내뱉는 법이 없었다. 한결 기분이 나아진 둘은 산후조리원을 열심히 고르고 헤어졌다. 다음에 보자며 지하철역 앞에서 손을 흔드는 은정을 보고 우미는 생각했다. 역시 은정은 다르다. 옛 친구만이 줄 수 있는 위안이 있다.

각자의 준비를 하던 우미와 유리 중에 먼저 산통을 겪고 결과물을 내놓은 건 유리였다. 새 미니 앨범 공개일과 음악 프로그램 녹화 일정이 잡히자 덩달아 우미도 바빠졌다. 쏟아지는 인터뷰·유튜브·예능·잡지 촬영·매일 올라오는 쇼츠 등등 놓치는 게 태반이었지만 딱 하나, 사인회 일정만은 놓치지 않고 살폈다. 대면과 영상통화 중 고민할 것도 없이 대면을 선택했다. 아이돌을 오래 좋아했어도 팬 사인회 응모는 처음이었다. 어릴 땐 돈이 없었고 벌기 시작한 다음엔 할 말이 없었다. 아무리 쥐어짜도 노고가 많으십니다…… 외엔 무슨 말을 해야 할지 몰랐다. 그게 초면인 인간에게 우미가 갖출 수 있는 최대치의 예의였다.

물론 인간 대 인간이 아닌, 남자와 여자로 접근하면 좀 달랐다. 다른 멤버는 아니어도 최애 앞에선 남녀의 역학이 작동되기 마련이었다. 열 살만 어렸으면 저 몇 살처럼 보여요?라거나 저 무슨 일 할 거 같아요?라고 묻고 승무원이나 필라테스 강사 같은 답을 바랐을지도 모른다. 하지만 우미는 여자로서 자신감이 없었고, 자신이 남자로서 사랑하는 상대 앞에서 여자로 보이려고 애쓰다가 패배하는 걸 감당할 만큼 맷집이 좋지도 않았다. 정말, 정말 운이 좋아서 최애가 나를 여자로 봐줬다 해도 그건 미친 여자가 되는 지름길이었을 것이다. 붕괴! 파괴! 그런 앞날밖에 상상할 수 없었는데, 이게 참, 나이 덕이라고 해야 할까. 세월이 우미를 미개봉 중고로 만들어준 탓에 용기를 낼 수 있었다. 미남 공포증은 여전했지만 어쨌든 아이에게 아빠 얼굴 한 번은 보여줄 필요도 있었다.

대략적인 당첨 커트라인에서 안전을 위해 넉넉히 스무 장 정도를 더 사자 당연하게 당첨이 됐다. 당일엔 반차를 쓰고 숍에 갔다. 이벤트 홀에는 사인회가 진행될 단상이 있고 그 맞은편으로는 대기석이 마련돼 있었다. 번호 순서대로 대기석에 앉았다. 옆 번호는 젊다기보다 어린 여자애였다. 통통했고 앉은키가 작았다. 키가 크고 깡마른 우미와는 정반대라 나란히 앉은 꼴이 어쩐지 우스웠다. 여자애는 달라붙는 옷을 입어 드러난 우미의 배를 신기한 듯 흘끔댔다. 우미는 고개를 꼿꼿이 세우고 앞을 보다가 충동적으로 고개를 돌렸다.

'만질래?'

뇌가 망가진 군인이 타국의 어린애 앞에서 잔인한 심술을 부리듯.

'느껴봐. 이게 생명이야.'

순전히 머릿속으로만, 그렇게 말을 걸었다.

실제의 여자애는 옆자리 아줌마 따위엔 관심이 없었다. 그는 거대한 쇼핑백에 손을 넣어 천사의 링과 천사의 날개와 천사의 화살과 영원히 시들지 않는 가짜 분홍 장미로 엮은 화관을 정리한 다음 가방을 열더니 수정 화장을 시작했다. 메이크업포에버의 파우더를 두껍게 내린 앞머리 위에 펴 바르고, 끝을 부러뜨린 꼬리빗으로 앞머리를 빗고, 다시 파우더를 펴 바르고, 머리카락을 진짜 한 올 한 올 정리하고, 가방을 다시 뒤적이더니 겔랑의 누아 G 마스카라를 꺼내 이번에는 속눈썹을 한 올 한 올 칠하고 디올 립글로스를 꺼내 발랐다. 그걸로 끝인 줄 알았는데 다시 파우더를 꺼내 바르고, 아니, 그럴 바엔 고정을 시키지? 싶게 빗으

　　　　　　　　　　　　최애의 아이

로 또 한 가닥 한 가닥 빗기를 무한 반복했다. 내가 쟤였다면 밖에서 거울 오래 못 봤을 거 같은데. 시니컬하게 바라보던 우미의 시선이 시간이 지날수록 점점 부드러워졌다. 보다 보니 기세가 있어서 예뻐 보였고, 그 애의 나르시시즘이 납득됐다. 쟨 자기가 뚱뚱하다고 굶을 생각하진 않을걸. 엽떡 먹고 매운 닭발에 치즈 추가해서 주먹밥을 둘둘 말아 먹고 빙수도 먹고 탕후루도 먹고 즐겁게 살 테지. 그러니까 이런 데 올 수 있었겠지. 아르바이트해서 모은 돈으로. 뻗치는 자신감과 에너지로. 진짜 열심히 살았겠네. 부럽네. 그렇게 남자 앞에 서는 걸 두려워했던 순간이, 여자로 평가하는 눈빛과 마주치면 등골이 오싹해져 움츠리고 다녔던 자신의 이십대가 생각나 슬퍼졌다. 거기에 대한 반발로 미소년을 사랑하게 되었는지 모른다. 그렇게 인이 박여버린 높은 미적 기준이 거꾸로 자기 자신을 슬프게 했다. 스스로를 사랑할 수 있는 기회를 놓쳐버렸고, 그 기회는 앞으로도 오지 않을 것이나. 진짜 비참히지? 그런데 이렇게 비참한 내가 사랑할 수 있는 아이를 가졌다는 건 얼마나 행운인가. 다른 누구도 아닌 유리의 아이를.

차례가 가까워졌다. 우미는 줄을 섰다. 크게 부르지도 않은 배를 손으로 받치고 단상 위에 올랐다. 유리는 다섯 멤버 중 맨 마지막 순서였다. 다른 네 명의 사인을 해치우듯이 받고 심호흡을 하고 유리에게 다가가는데 다리가 휘청했다. 손을 흔들던 유리가 몸을 반쯤 일으켰다.

"아이고, 아이고. 조심하세요."

우미는 현기증으로 일렁거리는 눈을 두 번 깜빡였다.

"괜찮으세요?"

"아, 잠깐 현기증이 나서. 감사합니다. 정말 괜찮아요."

다가오던 매니저가 다시 뒤로 물러났다. 우미는 단상에 마련된 의자에 앉았다. 마음에 성벽을 세웠는데, 단단하게 쌓았는데 눈앞이 흐릿했다. 안 울기엔 너무 아름답잖아. 눈앞의 너의 얼굴은. 걱정스러운 표정의 유리는 실제로 보니 입체감이 넘쳐서 살아 있는 인간 같았다. 너 진짜 살아 있는 인간이네. 인간이었네. 나 진짜 너 사랑하는데. 사랑하는 네가 인간이었다니. 그걸 모르고 있었다는 생각이 이제야 들었다. "임신하신 거예요?" "네." "오셔도 괜찮은 거예요?" "응, 위험한 시기는 넘겨서 남편이 허락해줬어요. 저기 어디 있는데."

대충 이벤트 홀 바깥을 가리켰다. 몰린 사람들 뒤쪽에서 얼쩡대던 남자가 손을 흔들었다. 유리는 보는 사람이 놀랄 정도로 다정한 표정을 지었다.

최애의 아이

"아, 진짜네. 기쁘다. 정말 축하드려요."

우미가 사랑해 마지않는 사르륵 녹는 미소. 우미는 일어섰다.

"한번 만져볼래요? 만져도 돼요."

그래도 되나? 등 뒤의 매니저를 향해 힐끔대는 눈빛. 우미는 웃었다. 이래서 좋은 거야. 겉보기에 멀쩡하다는 게. 구호 원피스를 입고, 귀에는 말발굽을 닮은 페라가모 간치니 귀걸이를 하고 무엇보다 왼손 네번째 손가락엔 부쉐론 콰트로 클래식 링을 낀 여자. 너무 졸부 같지도 않고, 적당히 상식 있어 보이는 데다 조잡스러운 소품을 착용해달라고 하거나 애교를 시키거나 무리한 부탁을 해 본전을 뽑아낼 생각 없고, 단지 유리가 일상의 행복이 되어주는 것에 감사 인사를 전하기 위해 경험 삼아 온 밤색 머리의 여자. 아니, 그딴 것보다 남편이 기다리고 있는 여자. 특히 마지막이 자신을 징상으로 보이게 한다는 걸 우미는 알았다. 어이없지. 저게 제일 싼데.

매니저가 고개를 끄덕였다. 눈치를 보던 유리가 조심스레 손을 얹었다.

"와."

신기해하는 얼굴. 감격한 얼굴. 등 뒤에서 찰칵찰칵 소음이 커졌다. 이 순간은 '임신한 팬분이 신기한 유리ㅠㅠ'나 '출생률 올리려는 정부의 프로파간다' 따위의 코멘트가 달려 박제될 것이다. 저 풋내 나는 얼굴이 아기를 신기해하는 초보 아빠나 조카 탄생을 기다리는 삼촌으로 해석되어 물고 빨릴 것이다. 고전적 미남인 거랑 나이 들어 보이는 건 다른데 유리를 아저씨, 삼촌이라고 부르는 어린 팬들이 많았다. 자기들이 은교가 되고 싶다, 이거지. 실제 아저씨를 한번 보여줘야 하는데. 우미는 앞 광대에 도톰하게 살이 오른 작은 얼굴을 보며 말했다.

"너처럼 예쁜 아기 낳고 싶어서 태교할 때 영상 많이 봐."

"와, 진짜요? 영광이다. 딸이에요, 아들이에요?"

"아들."

"이름은 지으셨어요?"

"아직. 태명은 있어요."

"뭐예요?"

"2세."

"오, 뭔가 세련됐다."

시간 됐어요. 매니저가 부드러운 목소리로 말했고, 아, 잠시만요, 유리가 고개 숙여 그제야 사인을 한 뒤 건넸다. 앨범을 챙겨 단상을 떠나는 우미의 등을 향해 유리가 외쳤다. "누나, 오늘 와줘서 고마워요!" 두 손

최애의 아이

을 흔들어주는 유리를 향해 우미도 손을 흔들었다. 계단을 내려와 제자리에 돌아왔다. 그제야 손이 떨렸다. 참았던 눈물 한 방울을 흘렸다. 고마워. 이걸로 나 평생 치 사랑을 받았어. 받는 것도 눈부시게 좋다는 걸 알았어.

유리와 멤버들이 떠났다. 자리에서 일어나는 사람들. 우미는 오늘의 순간을 천천히 복기하며 펜스 밖으로 나갔다. 남자가 다가와 부축하듯 가볍게 팔짱을 꼈다. 그 상태로 지하 주차장까지 가 우미는 운전석에, 남자는 조수석에 올라탔다. 우미는 지갑을 꺼내 현금을 건네며 생각했다. 분명 멀쩡한 남자로 넣어달라고 했는데. 멀쩡함의 기준이 다른가?

"고생하셨습니다."

인사를 했는데도 남자는 미적거렸다. 우미는 안전벨트를 풀고 밖으로 나가 조수석 문을 열었다.

"조심히 가세요."

배부른 여자의 매너에 남자는 어쩔 수 없다는 듯 물러났다. 찜찜한 표정으로 돌아서는 뒤통수를 노려보며 속으로 욕했다. 내가 널 왜 태워주냐? 개새끼. 인생 편하게 살려고 하네. 지상의 주차장 입구에 아직 여자애들이 모여 있었다. 기다릴 걸 그랬나? 문득 후회했다가 금방 고개를 저었다. 일을 마쳤으니 유리도 좀 쉬어야 했다.

오랜만에 밤 운전을 하니 피곤했다. 씻고, 케일과 바나나를 넣은 스무디 한 잔을 만들어 마셨다. 스마트폰을 들어 심부름 업체 후기란에 별점 세 개와 한 줄 평(어중간합니다)을 남긴 다음 쌓인 메일 몇 개를 쳐내고 침대에 누웠다. 모든 것이 준비된 상태, 완전히 경건한 마음과 깨끗한 손으로 다시 앨범을 펼쳤다. 멤버들에게 사인 받던 순간을 복기했다. 임산부가 된 이래, 아니, 태어난 이래 젊고 꾸민 남자들에게 제일 관심받고 대접받은 하루였다. 물론 성적 긴장감이 제거된 융숭한 대접이었지만, 그게 어디냐. 내가 그냥 여자였으면 그러지 못했을 거야. 내가 그 애들을 남자로 보지 않아서 가능하기도 했고. 그 돈을 내고 갈 정돈 아니지만 즐거웠다. 그리고……

우미는 괴로움과 슬픔이 벌레처럼 우글거리는 하수구 뚜껑을 열었다. 마음을 단단히 먹고 유리에게 사인받은 페이지를 폈다. 환하게 웃는 유리의 얼굴 위로 호쾌하게 서명이 되어 있었다. 우미는 입을 비쭉 내밀었다. 왜 여기다 한 걸까. 속상하게. 사진 속 얼굴 한가운데에 떡하니 그어진 유성펜 자국을 우미는 매만졌다. 수만 번, 수십만 번 인쇄된 사진이다. 스치는 바람만큼도 유리의 피부를 벗겨내지 못한 복제품이다. 그래도 유리의 얼굴이다. 이 한 장마저 아끼고 싶다. 언젠간 쓰레기가 되더라도 내 손이 닿는 동안만은 귀하게 여기고 싶다.

우미는 유리와의 대화를 떠올렸다. 그의 눈빛을, 손을, 입체감을 지닌 얼굴의 윤곽을 떠올리며 속지를 매만졌다. 그러다 문득 페이지를 넘겼고, 몰래 적힌 글자를 보고 펑펑 울었다. 거기엔 요청하지 않은 추신이 있었다.

P.S. 우미 누나~♡
이새 건강하게 나으세요!

*

배가 눈에 띄게 나오기 시작했다. 제일 살쪘을 때 수준을 넘어선 지는 이미 오래였다. 호르몬의 변화라는 말이 주는 애매함이 아닌, 한 몸에 정말 두 사람이 살고 있다는 실감이 났다. 이제 2세가 아닌 이새에게 소리 내어 말을 걸고 대화하게 됐다.

우미는 친구가 적었다. 말주변도 없었고, SNS를 하지도 않았다. 그래서 그동안은 속으로만 하던 생각들을 왕의 필경사가 먼 미래를 등에 업고 써 내려가듯이, 마법사가 최면에 걸린 미녀의 귀에 속삭이듯이 이 새와 나눴다. 네 아빠 오늘 화장 이쁜데? 숍 바꾸길 잘했다. (자체 제작 콘텐츠를 보고) 아니, 뭐 저딴 게임을 시켜? 저러다 허리 다치면 어쩌려고. (유튜브 예능에서 한 짧은 콩트를 보고) 역시 아직 연기는 아니다. 아이돌이 체질이다. 엄마가 완전 네 아빠 주제가 찾았어. 들어볼래? (윤종신의 「You Are So Beautiful」을 들려줌). 네 아빠는 무조건 뒷머리 쳐야 하는데 왜 자꾸 기르지? 눈빛 봐. 보통 애가 아니라니까. 저러니까 입사하고 한 달 만에 춤 1등을 해서 포상으로 할머니랑 제주도 여행 다녀왔지. 너네 아빠 대단하지, 그렇지?

데뷔 2주년 기념으로 기획사에서 제작한 자체 콘텐츠를 보곤 울었다. 미래가 불투명한 연습생 기간. 8인조에서 7인조로, 결국엔 5인조로. 그런 식으로 흩어지고 찢어지고 나의 인생이 다른 사람의 손에 달려 움직이는 일을, 불합리하지만 결과적으론 받아들일 수밖에 없는 일을, 그 후로도 극명하게 삶의 궤적이 바뀌는 일을 유리는 겪었고 견뎌냈다. 게다가 유리는 지금 기획사에서만 연습한 성골 출신도 아니었다. 전에 다니던 중소 기획사가 도산하고 스무 살이 넘어 회사를 옮겼다. 자기보다 어린 데뷔 조 멤버나, 그늘 없는 연예인 2세나, 저녁 10시면 마중 나온 엄마의 폭스바겐에 올라타는 연습생들을 보며 혼자 상경해서 살던 군산 출신의 유리는 어떤 생각을 했을까? 잘 알려진 과거사임에도 막상 눈으로 보니 감정 조절이 안 됐다. 어쨌든 지금 애들은 성공했는데. 잘 굴리면 5년 뒤엔 서울에 건물 하나는 살 수 있을 텐데! 그렇게 오염될 텐데! 감정적인 연출 때문에 눈물이 났다. 우미는 콘텐츠 팀을 탓했다. 미친 개또라이 회사. 한 먹이고 있어, 진짜…… 우미는 티슈를 뽑아 콧물을 닦았다. 울어서 미안해. 근데 엄마 슬픈 게 아니라 아빠한테 고마워서 이러는 거야. 저렇게 고생해서 엄마 만나러 온 거잖아. 그게 고마워서 그래.

이새는 벌써부터 우미의 좋은 친구가 되어줬다. 지루할 틈 없이 공부할 걸 만들어줬다. 공부는 다치지 않고 세계를 넓히는 가장 쉬운 방법이었고, 우미는 알에서 갓 깨어난 새처럼 보이는 걸 다 쪼아 먹었다. 막 입덕한 것처럼 맘 카페에 들락거리며 기쁨과 슬픔에, 그다지 즐겁지만은 않은 순간에 대해 공감했고, 불안을 나눴고, 이 여잔 진짜 미친 여자네……라고 욕도 했다. 아들 엄마와 딸 엄마의 신경전. 잘사는 사람과 아닌 사람의 신경전. 우미는 보이지 않는 피가 흐르는 다툼을 황제처럼 높은 자리에서 떨어져 관찰했다. 다 바보 같다. 그치? 자식 위한다고 하지만 결국 다 자기만족을 하려는 여자들뿐이었다. 불쌍한 사람들 같으니. 우미는 배를 쓰다듬으며 말했다. 넌 나의 구원투수가 될 필요 없어. 받으려고 자식을 낳는 사람도 있지만 난 아냐. 주는 건 내가 할게. 내가 널 지켜줄게.

그럴 자신이 없었으면 애초에 시작하지도 않았다. 우미는 겁이 많았고 확신이 없으면 움직이지 않았다. 남이 볼 땐 난관이라도 그가 된다고 판단한 일은 됐다. 입학도, 취업도, 집을 사는 것도 어깨높이의 열매를 따듯 쉬웠다. 이새를 낳는 일도 비슷했다. 3.4킬로그램의 남아는 손가락, 발가락이 열 개 다 달렸고 아주 건강했다. 우미는 한 번 기절했다 깨어나긴 했어도 어쨌든 자연분만했다.

은정이 산후조리원에 방문했을 때도 우미는 얼굴은 거칠어도 눈에 힘이 있었다. 은정이 준비한 아기 옷과 립스틱을 내밀자 우미는 무척 기뻐했다. 몇 번씩 손바닥만 한 옷을 갰다 펼치며 만지작거리고, 각질이 일어난 입술에 로즈 디올 립스틱을 살살 펴 발랐다. 거울을 보던 우미의 손이 멈췄다. 그가 참지 못하겠다는 듯 입술을 비죽댔다.

"은정아, 유리가 실은 유복자다."

"……"

"아버지는 사고로 돌아가시고, 어머니가 서른네 살

최애의 아이

때 혼자 유리를 낳으셨대. 23년 전에."

"……"

"나도 지금 서른넷이다? 그리고 낳았어."

"우미야……" 은정이 말을 끊었다. 도대체 어디서 부터 시작해야 하는지 막막했지만 침을 삼키고 입을 뗐다. "우미야, 놀라지 마. 놀라지 말고 들어. 네 아기……"

"왜. 뭐가, 뭔데?" 우미의 눈빛이 순식간에 변했다. 있을 수 있는 여러 가지의 사고가 우미의 눈앞을 스쳤다. 입술이 빠르게 달싹였다. "왜?무슨일인데?간호사가뭐래?아니말하지마안돼안돼안돼" "아, 아냐. 오해하지 마." 은정이 손을 저었다. "아니야, 무슨 일 생긴 거 아니야. 건강해. 아주 건강해. 아기한테 문제는 없어. 아주 튼튼해."

"그럼 뭔데? 뭘 말하려고 하는 건데?"

은정은 두 손을 빨래 쥐어짜듯 모았다. 어떻게 말할까, 고민하다가 자기 입으로 뱉는 대신 남의 말을 전달하는 것을 택했다. 은정은 리모컨을 들어 TV를 켰다. 조용한 입원실. 뉴스 채널로 돌리자 때마침 중년 남자의 얼굴이 나오고 있었다. 우미는 머리맡을 더듬어 안경을 썼다. 의사 출신의 여당 정치인. 차차기 대선 주자로 거론된다고 하던가. 롤 모델이니 젠틀한 중년이니 힙한 정치인 열풍의 대표자라면서 그의 스타일 따위를 칭송하는 홍보 방식을 보고 우와, 진짜 징그럽다고 생각했다. 그런데 저 사람이 왜?

그냥 봐봐,라는 표정으로 은정이 입술을 깨물며 우미의 눈치를 살폈다. 서서히, 아나운서가 하는 이야기가 귀에 들려오기 시작했다. 정자 바꿔치기 논란…… 아이돌의 유전자를 판매한다고 내걸고 실제로는 정자 공여를 희망하는 일반인 남성 추려…… 케이팝 열풍에 힘입어 범국가적으로 추진되었던 이 사업은…… 장관이 공여자 리스트에 올라 논란…… 애초에 판매 자체가 말이…… 그렇지만 아이돌은 사실상 공공재와도 같은…… 최소한의 선이 있어야…… 공여자 대부분은 사회적으로 성공한…… 일부 공여자는 명문 의대의 실험 팀으로…… 좋은 두뇌 좋은 유전자…… 이전에도 노벨상 수상자의 정자를 보관하는 사설 정자 은행이…… 장관은 거시적인 안목으로 인류의 발전을 도모하려고 한 것이라고 주장해……

무슨 말인지 잘 모르겠어. 우미는 스마트폰을 켜고 뉴스란에 들어갔다. 홍수처럼 쏟아지는 댓글은 더 해독하기 어려웠다.

오빠한테 오면 공짜로 박아줬을 텐데 도태녀들 가지가지ㅋㅋ

그래도 사기 아닌가? 1억을 넘게 줬다는데

ㄴ 너 여자지?

니 새끼 낳기 VS 1억 내고 아이돌 새끼 낳아서 독박
육아

ㄴ 밸붕 ㄷㄷ

ㄴ 이런 얘길 왜 하나요 어차피 여기 있는 새끼들 전
부 입빤인데......

간호사가 들어왔다. 이우미 산모님, 젖 먹일 시간입니
다. 아기 안아주시고요. 우미는 반사적으로 아기를 안
았다. 천에 싸인 아기. 폭신하고 따뜻한, 빵 같은 아기.

빵!

가만히 넋을 놓고 있는 우미를 대신해 간호사가 아기
의 머리 위치를 조정했다. 아기가 젖을 빨기 시작했다.
살아남으려는 듯 열심히 오물댔다. 배를 채운 아이를
다시 간호사가 데려갔다. 은정은 조심스레 입을 뗐다.

"괜찮아?"

뭐가? 하는 눈빛의 우미에게 은정은 다시 말을 건넸다.

"아기가……"

"내 아기야."

"응."

"내 아기야."

단호한 말투였다. 은정은 안심했다. 울고불고 난리

를 피울 줄 알았는데 진짜 엄마가 되었구나. 역시 제 배 아파 낳으면 모성이 생기는 거야. 그게 누구의, 어떻게 만들어진 아이일지라도 그렇다. 근원적으로 자식은 엄마의 것이다. 비록 성은 아빠를 따르더라도 자기 배 갈라 낳는 건 못 이기는 거다. 다행이다. 그래서 다행이라고 은정은 생각했다.

반년 뒤. 우미는 시장을 걷고 있다. 아기띠를 매고 천천히, 어물전 앞에서 마른오징어, 미역, 옥춘 따위를 구경했다. 분식집에서 어묵꼬치 하나를 들자 주인이 말렸다. "좀 이따 사진 찍는다고 해서. 포장은 되는데." 그리고 보니 검은 옷을 입은 남자들이 여기저기 보였다. 아마 경호원일 테지. 겁먹은 눈빛으로 살짝 뒤로 물러서자 바로 곁에 있던 경호원의 눈길이 한결 부드러워졌다. 우미는 그 짧은 순간에 그가 자신에 대해 판단을 마쳤다는 걸 알았다. 하나로 낮게 묶은 머리. 살짝 보풀이 인 밤색 카디건과 뉴발란스 574. 기미를 가리기 위해 살짝 덧바른 파운데이션. 무엇보다 왼손 약지에 낀 반지. 평범한 여자다.

우미가 물러난 타이밍에 맞춰 그 남자는 다가왔다. 상인들의 손을 잡으며 인사를 하다가 분식집 앞에서 멈췄다. "사장님, 여기 먹고 가도 되나요." 사장은 기

최애의 아이

다렸다는 듯 꼬치를 건져 멜라민 접시에 담아 건넸다. 남자가 웃으며 기다란 어묵을 씹었다. "국물 떠먹게 컵도 좀." 사람 좋게 너스레를 떨었다. 그런 남자의 모습을 보다가 우미는 입을 크게 벌렸다. 뱃속 깊숙이 숨어 있던 미친년이 목구멍으로 기어 나왔다. 그 여자는 피를 통하지 않고도 전수된 미친년의 비기를 썼다.

비명 지르기.

악! 소리를 지르는 것과 동시에 경호원이 몸을 틀었고, 순간 남자와 눈이 마주쳤다. 그것만으로 우미는 그 남자가 우미의 정체를 알아챘다고 확신했다. 감정을 숨기려는 흐리멍덩한 눈빛이 팽팽한 기대와 긴장과 혐오가 어린 눈빛으로 바뀌었기 때문이다. 혼탁하고 더러운 눈이었다. 보자마자 우미는 남자의 뇌 속 극장에서 자신이 경험한 5분의 시술이 강간 포르노로 뒤바뀌어 상영되는 걸 알았다. 그가 우미를 정복했다고 여기는 걸 알았다. 이어질 상영작은 가난한 정부가 아이를 내세워 동정을 구하는 삼류 멜로일 것이나. 당신 아이예요. 한 번만 안아주세요. 꺼져! 그런 더러운 아일! 우미는 이어질 영화를 무대예술로 바꾸기로 했다. 무대예술의 진정한 묘미는 예기치 못한 사건이 벌어졌을 때 발생한다. 우미는 손을 높이 들었다.

그 자리에 있던 모두가 한동안 육고기를 먹지 못했다. 어떤 이는 극심한 불면으로 한동안 병원 신세를 졌고, 어떤 이는 자기 생리혈을 바라보는 것에도 거부감을 느끼게 됐다. 다만 한 사람, 우미만이 자기가 무슨 일을 저질렀는지 기억도 못 하는 사람처럼 태연했다.

그건 우미의 방어기제였다. 끔찍한 범죄를 저지른 소년범들이 저는 착한데요,라고 대꾸하다가 너는 한 사람을 죽였어, 그래도 네가 착한 거니?라고 물으면 아, 그러게요, 한다는 것과 같았다.

걔들은 뇌의 발달 시기를 놓친 거라고? 그럼 바꾸자. 우미와 같은 화이트칼라 계층에 소시오패스 비중이 높은 건 드문 일이 아니다. 나라 곳간 빼먹는 건 눈감아도 공병을 훔친 기초 수급자 노인은 실형을 주는 판사를 생각하면 이해가 갈 것이다.

아니, 이럴 땐 여성주의적 관점으로 생각해야 한다. 육아 스트레스는 정말 문제적이다. 실제로 많은 여자가 상상 속에서 자기를 죽이거나 자기 아이를 죽인다.

헛소리 집어치우고 그냥 눈에 보이는 대로 보면 된다. 제 아이가 유리처럼 예쁘지 않으니까 죽인 거다. 우미는 정신 나간 외모 지상주의자니까.

아니, 다 틀린 얘기고 우미는 그냥 기분이 나빴던 거다. 반골 기질이 있어서 너희들이 시키는 대로 내가 할 것 같아? 비명 지르고 싶었던 거다. 자기들만 인간인 줄 아는 역겨운 인간들에게, 너희들의 정자가 들어간 아기도 바닥에 내려치면 공평하게 토마토가 된다고 말하고 싶었던 거다.

일부 우아한 사람들은 이렇게 정리하기도 했다. 원래 그런 사람들 중에 좀, 이상한 사람이 많지 않아? 그러니까 멀쩡하지 않은 부모 밑에서 자란 사람 말야……

면회실로 은정이 들어왔다. 그는 유리창 너머로 친구의 얼굴을 빤히 보다 참지 못하고 울음을 터뜨렸다. 고개를 푹 숙인 채 엉엉 소리 내어 울던 그가 두 뺨을 문지르며 물었다.

"넌 죄의식도 없니? 도대체 왜 그런 거야?"

우미는 은정의 시선을 피하지 않았다. 그가 입을 열어 짧게 답했다. 말했잖아. 내가 원한 건 딱 하나라고. 유리의 아이를 갖는 거.

인
터
뷰

이희주×이희우

이희우 〈소설 보다〉를 통해 처음 인사드리네요. 소설을
홍미롭게 읽은 독자로서 작가님과 인터뷰하게
되어 기쁩니다. 장편소설 『나의 천사』(민음사)
발간이 올해 봄이었지요. 얼마 전에 단편과 작업
일지가 실린 『횡단보도에서 수호천사를 만나 사
랑에 빠진 이야기』(북다)가 나오기도 했고요. 굉
장히 바쁜 나날이었을 것 같은데, 올 한 해 어떻
게 보내셨나요? 간단한 자기소개와 근황을 여쭤
봅니다.

이희주 이렇게 좋은 기회로 〈소설 보다〉 독자분들과 인
사드릴 수 있어 기쁩니다. 근년에 일이 몰려 바
쁜 나날을 보냈습니다. 작품 발표가 도화선이 되
어 이런저런 행사에 참여하고 나니 어느덧 날이
쌀쌀해졌네요. 저는 누가 꾀어주길 바라는 타입
이라 여건이 되는 세안은 무조건 받아들이는 편
인데요. 그 덕에 여러 새로운 인연을 맺게 되어
매우 충만한 시간을 보냈습니다.

　　사적으로는 직장 생활을 병행하다가 얼마 전
퇴사했습니다. 한스밴드의 「오락실」 전술로 가
족들에겐 비밀로 하고 있었는데, 얼마 못 가 회
사에 있던 칫솔을 가져온 게 들통나버렸습니다.

그래도 당분간은 구직 활동을 하지 않고 내년에 간행될 장편소설에 집중할 예정입니다.

이희우 「최애의 아이」를 읽고 여러모로 동시대적인, '요즘 소설 같다'는 느낌을 받았어요. 주인공이 가장 좋아하는 아이돌 가수의 아이를 낳으려 한다는 소재나 설정도 그렇지만, 가벼우면서도 예리한 문장들의 속도 또한 그런 느낌을 주었습니다. 소설과 같은 제목의 일본 만화가 있다고 알고 있어요. 또 소설에 그려진 사랑 이야기를 한국의 아이돌 문화와 떼어놓고 말할 수 없을 텐데요. 소설이 다양한 문화 영역(일본 만화나 케이팝)을 떠올리게 하는 만큼, 그에 대한 작가님의 경험이 궁금해지기도 했습니다. 어떻게 동명의 만화에서 제목을 가져오게 되었나요? 또 이희주 작가도 '팬심'을 가진 경험이 있으신지 혹은 지금 주목하고 있는 아이돌이나 연예인이 있는지도 궁금합니다.

이희주 처음 소설을 쓰기로 마음먹었을 때 "최애의 아이"만큼 직관적인 타이틀이 없다는 생각을 했습니다. 오히려 너무 노골적이라 사람들을 벙찌게

인터뷰 이희주×이희우

한다고 할까요. 동명의 만화를 처음 읽고 어딘가 모호하게만 느껴졌던 제목이 실은 아주 정직하다는 걸 알게 되었을 때의 기분 좋은 낙차도 떠올렸습니다(만화는 한 아이돌의 팬이었던 주인공이 살해당한 뒤 '최애의 아이'로 환생하며 시작됩니다). 이 소설도 만화처럼 정면으로 주먹을 받는 듯한 느낌으로 다가갔으면 좋겠다는 생각에 타이틀을 빌려 왔습니다.

저는 팬심을 가진 수준을 넘어 인생의 많은 부분을 아이돌 팬 문화에 빚지고 있는 사람입니다. 많은 열광적인 사람이 그렇듯, 팬 활동을 안 할 때는 오히려 싸늘하다 싶게 무감하여 한동안은 케이팝에 대해 전혀 관심 없이 살았는데요. 올초, 몇 년 만에 최애가 생겨 더할 나위 없이 기쁜 나날을 보내고 있습니다. 놀라움과 즐거움을 손에 쥐고 빤히 들여다보고 있습니다.

이희우 이제까지 발표한 소설에서도 그랬듯 「최애의 아이」에서도 '아름다움'에 대한 갈망 혹은 집념이 다른 모든 관심사를 압도해버리는 상황이 그려집니다. 우미는 유리가 내뿜는 "빛"에 홀려 있고, 그 갈망은 다른 사람의 시선이나 도덕을 무시하게 할 만큼 맹렬합니다. 한편으로 우미는 아름답지 못한 것에 경멸이나 심지어 증오를 느끼는 듯도 해요. 자신에 대한 불만족이나 위축도 느껴온 것 같고요. "인이 박여버린 높은 미적 기준이 거꾸로 자기 자신을 슬프게 했다. 스스로를 사랑할 수 있는 기회를 놓쳐버렸고, 그 기회는 앞으로도 오지 않을 것이다." 이런 구절을 읽으면, 우미에게 아름다움에 대한 동경과 갈망은 여성으로서 느끼는 자기 혐오와도 얽혀 있는 것 같아요. 빛나는 대상을 향한 갈망은 그만큼 그림자도 짙어 보입니다. 우미가 이렇게 "높은 미적 기준"을 가지게 된 데도 여러 이유가 있을 것 같아요. 이 복잡한 갈망에 대한 생각을 듣고 싶습니다.

이희주 한국에서 산다는 건 난이도가 무척 높은 게임에 맨몸으로 뛰어드는 것과 같다는 생각을 합니다. 그중 젊은 여성들이 가지는 '미적으로 보이는 외모를 갖춰야 한다'는 압력도 만만찮은 장애물이 되고요. 『나의 천사』를 작업하며 혹 도움이 될까 싶어 성형 커뮤니티에 처음 접속해 게시물들을 읽어봤는데, 사람들이 얼굴을 그렇게 낱낱이 본다는 사실에 깜짝 놀랐습니다. 이희주도 이렇게까진 안 한다! 싶게 집착적으로 파고들더라고요. 물론 이런 말을 하는 제 자신도 여기서 결코 자유롭지 못하고요.

이러한 압력은 우미처럼 성공한, 얼핏 틀 안에 잘 안착한 듯 보이는 여자에게도 마찬가지로 작용합니다. 경제가 어렵고, 사회 진출이 쉽지 않은 때엔 더 그렇고요. 아시다시피 아름다움에 대한 갈망은 단순히 내적 추동에서 비롯한 것만이 아닌, 사회적인 갈망이기도 하니까요(불경기에 여성의 화장품 관련 지출이 늘어난다는 통계를 보시면 이해가 될 겁니다). 아름다움은 이성 관계에서부터 권력까지, 삶의 방향성을 결정하는 중요한 수단이 되곤 합니다. 이런 상황에서 우미처럼 능력 있고 '욕심 많은' 인물이라면 당연히 아름다움이라는 무기도 필요로 하겠지요? 모든 걸 자력으로 손에 넣은 그가 유일하게 갖지 못한 것이기에 더 집착할 수도 있고요. 그래서 사실 아름다움의 절대성을 과잉해서 본다는 생각을 합니다. 자기가 갖지 못한 거니까요.

그러나 '미적 기준'에 납죽 엎드려 자신을 변신시키기에 우미는 자존심이 세다고 할까요. 아름다움에 순응하기보단 아름다움을 손에 쥐고 싶어 하는 인물입니다. 트로피 와이프가 되는 것이 아닌 트로피를 원하죠. 여기서 발생하는 사회와의 갈등이 우미라는 캐릭터를 구성하는 중요한 요소가 되었습니다.

이희우 이 소설이 도발적이고 논쟁적이라면, 특히 임신과 출산을 둘러싼 문제를 다루기 때문일 것 같습니다. 소설은 언제 누구의 정자를 공여받아 수정할 것인지 등을 '선택'할 수 있는 기술적·법적 환경을 설정하고 있는데요. 얼마의 금액을 지불하면 아이돌의 정자를 구매해 인공수정 시술을 받을 수 있고, 또 그렇게 태어난 아이가 (연예 기획사와 관련된) 이런저런 계약에 매여 있다는 점에서 임신과 출산이 전면적으로 상품화·도구화되는 세계라고 할 수도 있겠습니다. 처음에는 우미가 '선택'을 통해 그러한 조건을 적극적으로 받아들이고 활용하는 듯하지만, 출산 후 어떤 세력이 시술을 택한 여성들을 기만하고 도구로 취급한 정황이 드러납니다. 그 세력은 "장관"이나 "명문 의대의 실험 팀"처럼 사회의 엘리트 집단인 것으로 보이는데요. 자신의 욕망을 따라 적극

적으로 선택하는 우미와 그런 선택을 기만하면
서 침탈하는 세력의 갈등은 이후 "강간 포르노"
서사와 그것을 파괴하는"무대예술"의 대립으로
이어집니다. 이런 대립을 그리게 된 이유가 있을
까요?

이희주 우미는 젊은 여성들이 동경할 만한 인물처럼 보
이지만 그런 여성도 부딪힐 때가 옵니다. 유리
천장뿐만 아닌 유리 벽, 유리 바닥이 우미라는
인물을 둘러싸고 있습니다. 그리고 거기서 원하
는 걸 얻기 위해선 처절하게 부딪혀야 합니다.
그것이 사회적으로 용인되는 욕망이든 아니든,
여자가 무엇을 얻기 위해서는 싸우듯 대립해야
합니다.

우미의 전술을 '무대예술'의 형식이라고 비유
한 건 돌발적인 방식, 게릴라성, 퍼포먼스가 그
런 여성 욕망의 분출에 적합한 도구로 사용되었
던 역사가 있기 때문입니다. 제도화되거나 규격
화된 혹은 사후 편집이 가능한 방식이 아닌 터져
나오는 방식, 참지 못해서 분출해버리는 방식이
유일한 '여성적 발화'인 때도 있으니까요.

저는 장르에 대한 구조적 애정을 갖고 있습니

다. 더불어 여성이 욕망을 얘기할 때 반드시 충동적인 방식으로만 가능하다고 믿는 것은 아니지만, 균열을 내는 방식으로서의 살풀이·굿·퍼포먼스·방언 등에 대한 깊은 존경을 갖고 있습니다. 그걸 행하는 큰 사람, 큰 작가들을 두려움과 떨림을 갖고 엿보고 있습니다.

이희우 소설은 인터넷 댓글이나 점심시간에 회사 사람들이 하는 이야기를 통해 시술을 비롯한 사안에 대한 '뭇 사람'의 의견을 들려주는데요. 인공수정 시술은 "미저리 시술"이라고 불리고, 수술을 받는 여성은 "미친년들"로 치부되기도 합니다. 한편으로 우미를 가까이서 봐온 은정은 우미의 욕심과 추진력에 부러움을 느끼기도 합니다. "세상은 욕심 있는 사람에게 다 주는구나. 나는 부러워. 네가 미친년이라서." 이처럼 한 사람 혹은 사안에 대해 여러 상반된 관점이 공존하는 듯해요. 시장 거리의 사건이 있고 나서, 소설 말미에서는 우미의 행동에 대한 여러 해석과 의견이 '세간의 말들'처럼 나열되는데요. 소설의 서술은 그중 어떤 의견을 편들지 않고 나열된 모든 의견에 냉소적 거리를 취하는 것처럼 읽혔어요. 우미라는 인물 혹은 그의 행동을 어떤 관점만으로 재단하고 규정할 수 없는 것이라 그렇겠지만 '문제적 인물'인 우미에 대한 작가의 입장이 궁금해지기도 합니다.

이희주 우미는 순응적 인물이지요. 너무 순응적이라 이 사회가 만든 욕망을 거리낌 없이 흡수하는 인물입니다. 이를테면 우미가 희망하고 쟁취한 건 한국 사회에서 권장되는 매우 보수적인 욕망입니다. 좋은 대학을 나와 좋은 직장에 다니고 삼십 대 초반에 자가와 자차를 장만한 우미는 '멀쩡한' 인물입니다. 이런 인물이 아이를 낳고 싶어하는 건 가난하면, 장애가 있으면, 동성 부부면 '아이를 낳아선 안 된다고 여겨지는' 한국 사회에서 축복받아 마땅한 '정상적인' 욕망의 정점이고요.

그러나 우미가 결혼하지 않았다는 점, 사랑하는 사람이 하필 아이돌이라는 점에서 균열이 발생합니다. 현실에서 실현될 수 없는 욕망이 소설 안에서는 실천 가능한 것으로 등장하고요. 저는 욕망을 긍정도 부정도 하지 않습니다. 그것은 그냥 존재할 뿐이고, 다만 사회적으로 어떤 욕망이 수용되는지, 또 생산자들이 어떻게 사람들의 욕망을 파악하고 더욱 원하게끔 추동하는지, 그걸 어떻게 상품화하는지에 대해 주목하는 편입니다.

최근 『뉴요커』에 실린 하이브 방시혁 의장의 인터뷰를 읽었습니다. 방탄소년단의 성공에 대해서 내외부적으로 많은 아티클이 쏟아지며 분석을 하려는 시도가 있었습니다만, 제작자인 방시혁이 꼽은 제1의 성공 요인은 '친근함'이었습니다. 신비주의였던 기존 케이팝 가수들과는 다르게 그들의 일상, 이를테면 멤버들끼리 서로의 SNS 게시글에 댓글을 달며 어울린다든지, 저녁밥을 무얼 먹었는지 등을 공유한 게 팬들의 마음을 사로잡았다고요. 그는 앞으로도 팬 플랫폼을 적극 활용, 아이돌 그룹을 제작하는 일에 있어서 이러한 친근감을 적극적으로 사용할 예정이라고 하였습니다.

가장 먼저 무섭다는 생각이 들었습니다. 연애 논란 등이 일었을 때, 하드코어 팬덤에서 많이 언급되는 '배신감' 등 팬덤 바깥에서 보았을 때 이해되지 않는다며 매도되는 광적인 감정이 이러한 메커니즘을 통해 강화되는구나 싶었거든요. 거기에 따르는 위험성은 아이돌 개인에게 전가되고요. 예를 들어 케이팝 팬덤 내에서 공항이나 출퇴근길에 아이돌에게 필요 이상의 거리감으로 달라붙는 '붙순이'는 늘 논쟁의 대상입니다 (이따금 기사화되는 경호원 폭력 등이 이 '붙순이'로 인해 발생합니다). 저 역시 왜 저렇게 위험하게 붙을까, 의문을 가졌는데 최근 그 이유가 편지를 전달하기 위해서라는 말을 들었습니다. 단추가 꿰어지는 기분이더라고요. 물론 팬 사인회에서 편지를 전달할 수 있지만, 한 번 참여하기 위해선 많게는 수백만 원이 듭니다. 팬 플랫폼에 디지털 팬레터를 게재하기 위해서도 금액을 지불해야 하고요. 그럼 그게 불가능한 사람들은 어떻게 할까요? 자기가 가할 혹은 자기에게 가해질 폭력을 감수하고 찾아갈 수밖에 없겠죠. 이를테면 해외 스케줄을 위해 출국하는 아이돌을 직접 만날 수 있는 공항 같은 곳을요.

우미는 바늘처럼 튀어나온 하나의 "미친년"인 동시에 시스템이 부채질한 욕망, 타인에게 닿고 싶은 마음을 극대화하여 수익화하는 생산자의 잔인한 영리함에 휘둘리는 사람입니다. 그 과정에서 우미와 유리 같은 개인의 내면이 갈려나가는 거고요. 소설의 설정을 파격적이라 보는 분도 계시겠지만, 저는 이 구조 자체는 허황되지 않았다고 봅니다.

마지막으로 한마디만 더하자면 우미나 유리나, 모든 인간이 일상에서 만나는 타자와의 친밀함부터 회복했으면 하는 바람입니다. 우미는 고립된 여자입니다. 어머니, 은정, 대학 친구들, 직장 동료들 등 우미를 둘러싼 인간관계가 있지만 우미는 그중 누구와도 진실로 마주하려 하지 않습니다. 만일 우미가 다른 친밀함을 가졌다면 이야기가 좀 달라지지 않았을까, 그런 생각을 했습니다. 그러나 이건 어디까지나 현실의 이야기이고 소설 속에서 저는 우미 같은 여자들과 만나는 걸 무척 좋아합니다. 비난이나 옹호가 아닌 복잡하고 애틋한 마음으로 그들 주위에서 얼쩡대고 있습니다.

이희우 「최애의 아이」는 읽는 동안 들뜨게 하면서도 제게 오래 남는 고민거리를 던져주는 소설이었어요. 아마 이 소설을 오랫동안 생각하게 될 것 같습니다. 저처럼 이 소설을 읽고 이희주 작가의 다음 행보를 궁금해하는 독자들이 있을 텐데요.

앞으로 쓰고자 하는 작품들에 대해 귀띔해주신 다면요.

이희주 신비주의 콘셉트라서 비밀로 하겠습니다. 농담 이고요. 제가 제 마음에 끌려다니는 편이라 아직 은 저도 모른다는 게 답이겠네요. 제 마음과 손 이 가는 이야기를 그때그때 따라갈 것 같습니다.

수록 작품 발표 지면

운석 〈비유〉 2024년 7/8월호
여름 손님입니까 〈문장웹진〉 2024년 8월호
최애의 아이 『문학동네』 2024년 가을호